INVITO ALLA LETTURA

SEZIONE ITALIANA

37.

Pirandello

Il presente volume è stato realizzato
con la collaborazione di Mario Miccinesi

FERDINANDO VIRDIA

Invito alla lettura di Luigi Pirandello

MURSIA

1748/AC - Gruppo Ugo Mursia Editore S.p.A. - Via Tadino, 29 - Milano

Anno			Edizione		
95	94	93	10	11	12

CRONOLOGIA

	Vita di Pirandello	Avvenimenti culturali	Avvenimenti storici
1867	Il 28 giugno Luigi Pirandello nasce in contrada detta il « Caos », presso Agrigento.	*In Italia escono:* I miei ricordi, *di Massimo D'Azeglio;* Le confessioni di un italiano, *di Ippolito Nievo.* *Karl Marx pubblica il primo volume del* Capitale.	A Mentana i garibaldini si scontrano con i pontifici e con i francesi armati dei fucili Chassepot: vengono sconfitti. Garibaldi, dopo essere stato rinchiuso al Varignano, è autorizzato a tornare a Caprera. Bakunin costituisce a Napoli la prima sezione italiana dell'Internazionale.
1889	Pubblica a Palermo la sua prima raccolta di versi: *Mal giocondo.*	*Per indicare le opere di poeti come Verlaine e Mallarmé viene ormai usato il termine « decadente ». La drammaturgia di Ibsen e di Strindberg si afferma in Europa. In Italia escono:* Il piacere, *di G. D'Annunzio;* Mastro don Gesualdo, *di G. Verga.*	Trattato di Uccialli tra Italia e Abissinia. In Italia si svolgono le elezioni per i consigli comunali e provinciali sulla base del suffragio allargato.

	Vita di Pirandello	*Avvenimenti culturali*	*Avvenimenti storici*
1891	Pubblica la sua seconda raccolta di versi: *Pasqua di Gea.*	*In Italia escono:* Myricae, *di G. Pascoli.* *In Inghilterra O. Wilde pubblica* Il ritratto di Dorian Gray. *Muore Rimbaud.*	Dopo quindici anni di governo della «sinistra», Antonio di Rudinì costituisce il primo governo di «destra». Con un anno di anticipo sulla scadenza si rinnova a Berlino il trattato della triplice alleanza tra Germania, Austria e Italia. Leone XIII pubblica l'enciclica *Rerum Novarum.* Filippo Turati fonda «Critica Sociale».
1901	Pubblica il romanzo *L'esclusa.*	*Escono* I Buddenbrook *di T. Mann.*	Muore Vittoria di Inghilterra, le succede Edoardo VII. Negli Stati Uniti viene ucciso il Presidente MacKinley e gli succede Theodor Roosevelt. In Italia il governo Zanardelli - Giolitti inaugura una politica aperta nei confronti degli operai.
1902	Escono i primi due volumi delle novelle: *Beffe della morte e della vita* e *Quand'ero matto.*	*Escono:* L'Estetica *di B. Croce;* L'immoralista *di Gide*; Il libro delle immagini *di Rilke.*	Rottura nel partito socialista italiano tra riformisti e rivoluzionari. Viene rinnovata la Triplice alleanza, ma l'Italia conclude segretamente con la Francia un accordo di neutralità.

	Vita di Pirandello	*Avvenimenti culturali*	*Avvenimenti storici*
1904	Esce in volume il romanzo *Il fu Mattia Pascal*.	*In Italia escono:* Poemi conviviali *e* Primi poemetti *(nella edizione accresciuta e corretta), di G. Pascoli;* Cenere, *della Deledda;* Sonetti, *di Pascarella. All'estero escono:* Nostromo, *di Conrad;* Storie del buon Dio, *di Rilke.*	I giapponesi affondano la flotta russa di Port-Arthur, e distruggono quella di Vladivostok. In Cina Sun Yat-sen fonda il Kuo Min-Tang. In Italia viene indetto a seguito degli eccidi di Castelluzzo in Sicilia, e di Sestri Ponente in Liguria, il primo sciopero generale nazionale.
1910	Nino Martoglio convince Pirandello a trarre una commedia dalla novella *Lumie di Sicilia*. La commedia viene rappresentata dalla compagnia del «Teatro Minimo» diretta dallo stesso Martoglio.	*In Italia escono:* Forse che sí forse che no, *di D'Annunzio;* Sonetti e poemi, *di Roccatagliata-Ceccardi;* Problemi di estetica e contributi alla storia dell'estetica, *di Croce. All'estero esce* La filosofia come scienza rigorosa, *di Husserl.*	In Inghilterra muore Edoardo VII, gli succede Giorgio V. Il Giappone si annette la Corea. In Italia il governo Luzzatti ottiene l'appoggio dei socialisti.
1915	Appare a puntate su «Nuova Antologia», il romanzo *Si gira*, che l'anno successivo verrà pubblicato da Treves e che comparirà nella sua forma definitiva nel 1925 con il titolo di *Quaderni di Serafino Gubbio operatore*.	*In Italia escono:* Marianna Sirca, *della Deledda;* Resultanze in merito alla vita e al carattere di Gino Bianchi, *di Jahier. All'estero escono:* Antologia di Spoon River, *di Masters;* Il lungo viaggio, *della Woolf;* La nuvola in calzoni, *di Majakovskij.*	L'Italia, dopo aver denunciato la Triplice alleanza, entra nel primo conflitto mondiale a fianco degli alleati.

	Vita di Pirandello	Avvenimenti culturali	Avvenimenti storici
1917	Angelo Musco rappresenta a Roma *Il berretto a sonagli*, e *La giara*; la compagnia di Ruggero Ruggeri mette in scena al Teatro Carignano di Torino *Il piacere dell'onestà*; la compagnia di Virgilio Talli rappresenta *Cosí è (se vi pare)*.	*In Italia escono:* Bestie, *di Tozzi;* Teoria e storia della storiografia, *di Croce.* *All'estero escono:* Fra la gente, *di Gor'kij'*; Oltre le barriere, *di Pasternak;* Poesie complete, *di Machado.*	Gli Stati Uniti dichiarano guerra alla Germania. Lenin torna in Russia, i Sovieti conquistano il potere. Si firma l'armistizio tra gli Imperi centrali e la Russia. Lenin sale al potere. Gli Stati Uniti dichiarano guerra all'Austria. Apertura dei negoziati di Brest-Litovsk. Caporetto.
1920	Al teatro Goldoni di Venezia la compagnia Ferrero-Celli-Paoli mette in scena *Come prima meglio di prima*. A Roma, al Teatro Argentina la compagnia di Emma Gramatica dà *La signora Morli una e due*. Al Teatro Quirino di Roma, viene rappresentato *Tutto per bene*.	*In Italia escono:* La madre, *della Deledda;* La serena disperazione, *di Saba.* *All'estero escono:* I Guermantes, *di Proust;* Al di là dell'orizzonte, *di O' Neill;* Povero bianco, *di Anderson.*	Ha inizio in India la campagna di disobbedienza all'Inghilterra. A Parigi si firmano i protocolli della pace. Entra in vigore lo statuto della Società delle Nazioni. A Mosca si svolge il secondo congresso dell' Internazionale comunista. In Italia si sviluppa lo squadrismo fascista.
1921	Al Teatro Valle di Roma la compagnia di Dario Niccodemi rappresenta con insuccesso *Sei personaggi in cerca d'autore*, ma il 29 settembre la medesima	*In Italia escono:* Gli egoisti *e* Il podere, *di Tozzi (postumi).* *All'estero esce* Sodoma e Gomorra, *di Proust.*	La Società delle Nazioni divide l'Alta Slesia. D'Annunzio abbandona Fiume. Lenin adotta la nuova politica economica.

	Vita di Pirandello	*Avvenimenti culturali*	*Avvenimenti storici*
1921	compagnia al Teatro Manzoni di Milano mette in scena *Sei personaggi*, tra le ovazioni del pubblico.		In Italia Giolitti scioglie le Camere: in seguito alle elezioni i fascisti entrano in parlamento con un gruppo di 35 deputati. A Roma congresso di fondazione del partito nazionale fascista.
1925	Con la *Sagra del Signore della nave*, protagonista Marta Abba, si inaugura a Roma al Teatro Odescalchi, il «Teatro d'arte di Roma» (detto anche «Teatro degli undici») sorto per iniziativa di alcuni giovani scrittori tra i quali Stefano Landi (pseudonimo di Stefano Pirandello, figlio di Luigi), Massimo Bontempelli e Orio Vergani.	*In Italia escono:* Ossi di seppia, *di Montale. Lo stesso Montale pubblica su «Esame» il saggio «Omaggio a Italo Svevo».* *All'estero escono:* Il processo, *di Kafka (postumo);* Albertine scomparsa, *di Proust (postumo);* L'armata a cavallo, *di Babel;* Una tragedia americana, *di Dreiser.*	Discorso di Mussolini alla Camera improntato alla piú dura intransigenza politica; Mussolini si assume tutte le responsabilità del delitto Matteotti. Firma dei trattati di Locarno, per il mantenimento dello *status quo* territoriale del trattato di Versailles.
1930	Prima assoluta di *Questa sera si recita a soggetto*, al Neues Schauspielhaus di Koenigsberg, nella traduzione di Harry Kahn. Marta Abba è protagonista di *Come tu mi vuoi.*	*In Italia escono:* Acque e terre, *di Quasimodo;* Gente in Aspromonte, *di Alvaro;* Fontamara, *di Silone.* *All'estero escono:* Mario e il mago, *di T. Mann;* Mercoledí delle ceneri, *di Eliot;* Poesie, *di Auden.*	Hitler costituisce un governo di «concentrazione nazionale». Incendio del Reichstag. Feroci repressioni anticomuniste in Germania. Pieni poteri a Hitler.

	Vita di Pirandello	Avvenimenti culturali	Avvenimenti storici
1934	Gli viene conferito il Premio Nobel per la letteratura.	*In Italia escono:* Il castello di Udine, *di Gadda;* Le sorelle Materassi, *di Palazzeschi;* Parole, *di Saba.* *All'estero escono:* Tenera è la notte, *di Fitzgerald;* Tropico del cancro, *di H. Miller.*	In Italia vengono istituite le Corporazioni fasciste. Il 25 marzo elezioni plebiscitarie fasciste. Francisco Franco reprime le rivolte operaie di Madrid, Barcellona e delle Asturie. Hitler stermina le S.A. L'Unione Sovietica entra a far parte della Società delle Nazioni. In Russia massicce epurazioni.
1936	Muore il 10 dicembre: ha dato istruzioni perché la sua urna cineraria sia « murata in qualche rozza pietra della campagna di Girgenti ».	*In Italia escono:* Erato e Apòllion, *di Quasimodo;* Lavorare stanca, *di Pavese.* *All'estero esce* Absalom!, *di Faulkner.*	Le truppe italiane occupano Addis Abeba. Vittorio Emanuele III assume il titolo di « Imperatore di Etiopia ». Hitler occupa la Renania. Franco diviene capo del Governo e della nazione spagnola.

I

LA VITA

Il figlio del Caos

Tra la vita e l'opera di Luigi Pirandello il rapporto è assai stretto a tutti i livelli, anche se nel complesso del suo lungo lavoro di narratore, di drammaturgo, di poeta, di saggista, trovano esiguo spazio testimonianze direttamente memorialistiche, *recherches du temps perdu*, pagine di diretta e trasposta autobiografia. Pirandello parla di rado di suoi momenti, di sue esperienze; non è uno scrittore della memoria: assai piú che una memoria di se stesso, nell'ispirazione di Pirandello penetra invece un riverbero, rimeditato e oggettivato, della sua esistenza, il segno di un rapporto costante della sua vita con le immagini e le creature nate dalla sua fantasia. In una delle rarissime pagine direttamente autobiografiche lasciate dallo scrittore, apparsa sull'*Illustrazione italiana* del 23 giugno 1935, quasi alla vigilia della morte, si legge:

« Ricordo che da bambino avevo piena fiducia che avrei potuto farmi intendere da chiunque. Un'ingenuità, che naturalmente mi costò amarissime delusioni. Ma di qui trassi lo stimolo ad affinare le mie facoltà espressive, e anche il bisogno di studiare gli altri per rendermi conto di coloro con cui avrei avuto da fare: fermo sempre nella fede incrollabile di poter comunicare quando che sia tutto a tutti. E per questo posso dire d'aver lavorato da allora. Piccino, mi tornava difficile persino con mia madre; e con mio padre mi appariva impossibile non già mentre mi ci preparavo, ma all'atto della prova, che il piú delle volte finiva miseramente. Molto debbo a lui, come artista, per le angoscie spasimose di quei momenti ».

Anche il luogo di nascita, l'origine e la composizione della famiglia, le vicende della medesima prima e dopo la nascita dello scrittore, quelle della sua infanzia e della sua adolescenza rivelano spesso stretti legami con la sua opera, ma soprattutto esse invitano ad immaginare un certo clima già « pirandelliano » *ante litteram* o si associano a ispirazioni e sollecitazioni che un lettore attento ritroverà assai spesso in pagine, situazioni, personaggi dell'opera creativa. Luigi Pirandello era nato il 28 giugno 1867 in una contrada detta « Il Caos », nei pressi della città di Girgenti in un casolare campestre di proprietà di suo padre, dove la famiglia si era rifugiata a causa di una epidemia di colera. Lo stesso Pirandello volle porre in rilievo tale circostanza in un *Frammento d'autobiografia* raccolto nel 1893 dall'amico Pio Spezi, apparso nella *Nuova antologia* del 16 giugno 1933, ed ora incluso nel sesto volume (*Saggi, poesia e scritti vari*) dell'*opera omnia* mondadoriana, curato da Manlio Lo Vecchio-Musti (Milano, 1960):

> « ... io dunque – vi si legge – sono figlio del Caos; e non allegoricamente, ma in giusta realtà, perché son nato in una nostra campagna, che trovasi presso ad un intricato bosco, denominato, in forma dialettale, *Càvuso* dagli abitanti di Girgenti... corruzione dialettale del genuino e antico vocabolo greco χάος ».

Una puntualizzazione da parte dello stesso Pirandello che ha appunto il significato di un richiamo dello scrittore a componenti magmatiche e al limite demoniache nella sua ispirazione, componenti tuttavia legate alle sue origini siciliane e in particolare alla plaga della Sicilia già colonizzata dai Dori, che probabilmente vi importarono miti e riti di carattere misteriosofico ed esoterico.

Girgenti

Se la nascita di Pirandello potrebbe essere il racconto della nascita di un personaggio pirandelliano, di un Mattia Pascal, di un Serafino Gubbio, di un Vitangelo Moscarda, anche la sua città, Girgenti, oggi Agrigento, quando ancora una folle speculazione edilizia non ne aveva mutato a fondo i caratteri, doveva essere ben atta ad ospitare la culla di un personaggio pirandelliano al massimo grado come lo stesso Pirandello, forse il piú pirandelliano dei personaggi di Pirandello: alta sulla misteriosa Valle dei Templi, con tracce di diversi insediamenti preistorici anteriori alla colonizzazione dorica, e patria, oltretutto, assai tempo prima di Pirandello, del filosofo greco Empedocle.

L'*habitat* autentico di quel particolarissimo esemplare umano che è l'uomo pirandelliano, è Girgenti, una Girgenti, vorremmo aggiungere, che è una sorta di microcosmo nel quale si concentra e si proietta tutta l'esperienza di vita dello scrittore, la sua osservazione del mondo, la sua inesauribile capacità di creare e di distruggere, di immaginare e di mistificare, una capacità inventiva veramente diabolica, al di là di quella che può essere una sua volontaria e volontaristica *image d'Épinal* che certa critica drammatica e certa biografia agiografica hanno contribuito ad alimentare. Ed anche una Girgenti in certo senso pirandellianamente metafisica, che può contrapporsi all'altro polo, non meno pirandellianamente metafisico, della fantasia e della realtà pirandelliane, che è Roma, la Roma umbertina o primo Novecento dei quartieri borghesi, Prati, Macao, via Nomentana (abitati per lunghi decenni dal professor Pirandello), degli ambienti « intellettuali » da lui frequentati, e piú tardi dei teatri, di certa vita tra intellettuale e mondana, che affiora in gran parte delle *Novelle per un anno*, in romanzi come *Il fu Mattia Pascal*, *Giustino Roncella nato Boggiolo*, *I quaderni di Serafino Gubbio operatore*, in drammi come *Sei personaggi in cerca d'autore*, *Questa sera si recita a soggetto*. Una Roma, certo (è pressoché inutile dirlo), di « inurbati », forse, come lo stesso Pirandello, con volti, caratteri, vicende che quasi certamente lo scrittore esumava da un profondo strato di sue personali e familiari memorie girgentane, e tuttavia ormai del tutto inserite in un altro contesto sociologico e storico, quello della borghesia italiana post-risorgimentale, con le sue velleità, le sue contraddizioni, le sue rimozioni, i suoi *tics* nervosi, i suoi *refoulements*, le sue insoddisfazioni, un contesto non piú siciliano e strettamente dialettale, anche se ancora rimane in essa qualche traccia di accenti e parlate originari, ma romano.

Tuttavia la famiglia di Pirandello non era originaria, almeno per la parte paterna, di Girgenti, e nemmeno poteva dirsi del tutto siciliana: come è noto, il nonno paterno dello scrittore, Andrea, era figlio di liguri, originari di Pra (una piccola città costiera che è ormai pressoché inclusa nell'area suburbana di Genova), stabilitosi a Palermo inserendosi con fortuna nell'industria e nel commercio dello zolfo allora fiorentissimo nella Sicilia occidentale. Egli fu padre di ventiquattro figli, l'ultimo dei quali, Stefano, che doveva diventare a sua volta padre di Luigi, fu inviato dal fratello maggiore a Girgenti, per dirigere gli ingenti interessi dei Pirandello nelle zolfare di cui era ricca la zona. Vi si stabilí sposandosi con Caterina Ricci Gramitto, appartenente ad una cospicua famiglia girgentana di patrioti che si era distinta nelle lotte contro il dominio borbonico. Un fratello di Caterina era stato anche commilitone di Stefano Pirandello nella spedizione garibaldina che ebbe il suo epilogo ad Aspromonte. Al tempo dei Borboni, il nonno materno di Pirandello, l'avvocato Giovanni Ricci Gramitto, costretto all'esilio, dopo il fallimento della rivoluzione del 1848, si era rifugiato a Malta, e la figlia Caterina, allora tredicenne, ve lo aveva accompagnato insieme agli altri suoi familiari. Fieramente antiborbonico, l'avvocato Ricci Gramitto (che nel '48 era stato ministro, a Palermo, nell'effimero governo provvisorio di Ruggero Settimo) era un liberale moderato e indipendentista, ed era morto ancora in esilio, prima dello sbarco di Garibaldi in Sicilia. I suoi figli militarono nelle schiere garibaldine, come pure Stefano Pirandello.

Sia per parte di padre, dunque, come per parte di madre, Luigi Pirandello, nato quasi alla conclusione del moto risorgimentale, apparteneva alla nuova borghesia professionistica e industriale siciliana, il cèto sociale destinato dopo l'Unità d'Italia a diventare la nuova classe dirigente dell'Isola, soppiantando la vecchia aristocrazia feudale dei tempi borbonici, impreparata alla nuova situazione o riluttante ad adattarsi ad essa, chiusa nel suo orgoglio castale.

Nella famiglia dei Ricci Gramitto non c'era piú alcuna traccia di pur lontanissime origini popolari; quella dei Pirandello di Sicilia doveva probabilmente essere segnata in qualche modo dal trauma del loro estraniamento dai luoghi d'origine dopo l'emigrazione nell'Isola.

Girgenti conservava a quel tempo non pochi caratteri, come del resto altri centri siciliani della Val di Mazara – la vasta plaga siciliana a sud di Palermo, e dell'Agrigentino che è al suo margine, dove la conquista musulmana aveva avuto un impianto piú profondo lasciando tracce piú tenaci che altrove anche nel costume e nelle parlate locali – di quella che era stata la Kerkent araba. Gaspare Giudice, nella sua biografia (*Pirandello*, Torino, Utet, 1969) ce ne offre una descrizione stralciandola da una corrispondenza anonima apparsa sulla *Gazzetta d'Italia* del 4 maggio 1874, quando Pirandello aveva appena sette anni: « Girgenti era allora un ammasso di casupole e di tuguri; le vie, non vie, ma sentieri e rampe scabrose e tortuose e piene di sporche e cenciose creature non solo, ma pur anche di bestiame grosso e minuto; gli alberghi, ricovero d'insetti e di sudiciume, fanno venire i brividi addosso ». Ma ne *I vecchi e i giovani* Pirandello stesso descriveva le turbe di abitanti del contado che gremivano a volte la città, solfatari e contadini, insistendo sui caratteri di una folla pressoché orientale:

> « Parlavano tutti con cupi suoni gutturali o con aperte protratte interiezioni... E avevan seco le loro donne, madri e mogli e figlie e sorelle, dagli occhi spauriti o lampeggianti d'un'ansietà torbida e schiva, vestite di baracane, avvolte nelle brevi mantelline di panno, bianche e nere, col fazzoletto dai vivaci colori in capo, annodato sotto il mento, alcune coi lobi delle orecchie strappati dal peso degli orecchini a cerchio, a pendagli, a lagrimoni; altre vestite di nero e con gli occhi e le guance bruciati dal pianto, parenti di qualche assassinato ».

Sia l'uno che l'altro aspetto di questa Girgenti popolare disegnano forse le due facce della stessa medaglia della provincia pirandelliana: l'enorme riserva, o deposito di contraddizioni, di inibizioni, di menzogne, di oppressioni, di amare e bizzarre memorie, dalla quale lo scrittore trarrà i motivi, i caratteri, i personaggi, le vicende di quella metafora lucidissima (e talvolta meno lucida, quando sull'ispirazione autentica, sulla disposizione innata a scoprire l'assurdo, il grottesco della condizione umana, prevale il freddo raziocinio o anche un certo furore dimostrativo) del dolore umano che è la sua opera. In questo senso la cupa Girgenti-Kerkent-regno della morte può essere ed è quella che Giacomo Debenedetti[1] dice «la zona prima», « il luogo della metamorfosi che, toccato appena, consuma la trasformazione delle creature in personaggi ». Ma certo questa provincia (ogni scrittore ha, del resto, una sua provincia alla quale rimane legato) ha condizionato per sempre l'opera di Pirandello anche quando è sembrato che egli ricercasse altrove i motivi ispiratori essenziali, in una modernità piú articolata nelle complesse psicologie della gente di teatro, in ambienti aristocratici o intellettuali, nel senso tuttavia che di quella provincia risorge sempre il sentimento di solitudine e di abbandono, la deformazione espressionistica di taluni caratteri fisici e morali.

Al fondo della sua ispirazione rimane sempre quella Girgenti e quella plaga girgentana, percepite nel corso dell'infanzia, una città squallida e tenebrosa, con radici esoteriche e demoniache, di cui la componente popolare araba e musulmana – ma tale come reminiscenza pressoché ancestrale di un mondo leggendario lontanissimo, senza piú alcun legame culturale con la realtà presente – è portatrice su un piano di folklore, forse anche sotto la forma di assidui terrori notturni del piccolo Luigi, suscitati quasi certamente dai racconti dell'anziana servente di casa Pirandello, Maria Stella, dalla quale egli apprende – come tutte le biografie confermano – canti popolari, fiabe e leggende del folklore siciliano.

Nato in una famiglia laica, il piccolo Luigi ebbe da questa Maria Stella i rudimenti di una istruzione religiosa, ma di una religione sostanzialmente a sfondo magico e animistico. Maria Stella lo conduceva, forse con la si-

[1] Cfr. il saggio « Una giornata di Pirandello », ora in *Saggi critici*, II serie, Milano, Il Saggiatore, 1945, pag. 275-309.

lenziosa complicità della madre di lui, a funzioni religiose nella vicina chiesa di S. Pietro dove il padre beneficiale Sparma cercava di completare gli insegnamenti di lei. « Pirandello imparò piccino da lei anche a credere negli spiriti », scrive il Giudice nella sua biografia, gli stessi che riappariranno piú tardi nell'opera pirandelliana, in novelle come *La casa del Granella, L'Angelo Centuno, Il covo di Mízzaro*, in un « mito » come *La favola del figlio cambiato*, e un'aura spiritica aleggerà in alcuni episodi di romanzi come nella prima stesura dell'*Esclusa*, come ne *Il fu Mattia Pascal*. È certo tuttavia che questa radice girgentana, questi complessi rapporti della prima età, con le connessioni psicologiche e umane che tutto questo comporta, avranno un riflesso particolarmente intenso nell'opera di Pirandello. Ci sembra importantissimo tra questi episodi, concordemente riportati sia dal Nardelli che da altri biografi, quello dei colpi di fucile sparati dal padre Stefano contro le campane della vicina chiesa che turbavano la tranquillità dei suoi sonni. Successivamente sembra che Stefano per riparare il gesto inconsulto donasse una nuova campana alla chiesa, e una tale incoerenza, secondo il Giudice contribuí a consolidare la barriera d'incomprensione tra padre e figlio, una barriera che presto si tramutò in opposizione e contrasto: « Ubbidiva per dovere e per amore. E amava la mamma non il padre ».

È probabile che anche questo disagio familiare avvicinasse maggiormente Pirandello fanciullo ai Ricci Gramitto, cioè a tutto un *côté* agrigentino borghese e intellettuale, politicamente piú aggiornato anche sul piano di una certa tematica risorgimentale che non quello di Stefano Pirandello. È probabile altresí che, come la vecchia servente Maria Stella era stata il tramite per l'assimilazione da parte di Luigi Pirandello di taluni sottofondi psicologici, folkloristici, esoterici e demoniaci del primordio girgentano, il clan dei Ricci Gramitto dovesse contribuire ad immetterlo sull'altro versante della vita sociale girgentana, l'altra dimensione di quello che sarà il mondo della narrativa e del teatro pirandelliani di inconfondibile matrice siciliana: quella società borghese, girgentana in modo particolare, che tuttavia si identifica nell'opera narrativa e teatrale di Pirandello con un piú vasto tessuto italiano, proiettando i suoi stessi valori e disvalori sugli omologhi cèti dell'Italia unita di cui Pirandello stesso doveva essere forse il primo a mettere a nudo egoismi e ipocrisie, a rivelare una certa sua incoerenza morale mascherata di perbenismo, estraendo soprattutto da essi il grottesco di un impatto deformante con la realtà. Tutto questo pur non riuscendo giammai a liberarsi, come uomo e come scrittore, di certe stimmate originarie tipicamente borghesi e girgentane della sua formazione: pregiudizi familiari e di classe, complessi psicologici a sfondo sessuofobico, e persino una certa a volte pietosa misoginia.

In questo primo periodo della vita di Pirandello – che ci sembra particolarmente importante perché ci permette di individuare taluni sottofondi e caratteri essenziali che avranno un riverbero durevole sulla sua esperienza di uomo e d'artista, quel continuo alternarsi tra le testimonianze di un vero e proprio primordio popolare e quelle del mondo borghese della sua origine familiare – hanno un certo rilievo i contrasti e le incomprensioni della vita familiare, le infedeltà coniugali del padre, perdonate quasi sempre dalla madre, ma non dal piccolo Luigi, secondo la testimonianza di Federico Vittore Nardelli.[2] Di questo primo periodo è anche un episodio narrato dal Nardelli che è in certo senso illuminante sull'origine di questa componente psicologica del mondo pirandelliano, quel certo moralismo sessuofobico e talvolta beffardo che affiora cosí frequentemente nella sua opera. Spinto da una infantile e forse alquanto macabra curiosità il piccolo Luigi era penetrato un giorno in una misteriosa torre di Girgenti adibita in quegli anni ad uso di camera mortuaria, dove era stato composto il cadavere di un francese suicida. Era il primo morto che il ragazzo vedeva, ma subito dopo, ancora sbigottito per la scoperta, aveva percepito un rumore, una sorta di fruscío. Volgendosi, aveva visto o intravisto nell'ombra due corpi allacciati: un uomo e una donna. « Non fermi – scrive il biografo. – Compivano anzi con lentezza un movimento bizzarro, ininterrotto, quasi che si cullassero agitati da uno spasimo o regolati da una molla. Stretti: e la femmina aveva le sottane alzate. » Erano due amanti che in quel luogo si erano dati convegno.

[2] Cfr. *L'uomo segreto. Vita e croci di Luigi Pirandello*, Milano, Mondadori, 1932.

Da Palermo a Roma

Sino ai tredici anni la vita di Pirandello si svolge a Girgenti, senza fatti di eccessivo rilievo. Ultimate le elementari, il ragazzo frequenta le prime due classi dell'Istituto Tecnico, poi, riuscendo a far mutare l'indirizzo dei suoi studi disposto dal padre, passa alla terza classe del Ginnasio, scuola piú congeniale alle sue inclinazioni. Legge molto, appassionatamente ma anche in modo disordinato, scrive tragedie (i cui testi sono andati perduti), che rappresenta con le sorelle e con altri ragazzi in un improvvisato teatrino nel quale sembra abbia messo in scena anche qualche testo di Goldoni. Nel 1880 Stefano Pirandello, sembra in seguito al fallimento doloso di due suoi soci, subisce un grave rovescio finanziario, che riduce quasi alla povertà la famiglia: il fratello maggiore, Felice, che viveva a Palermo, gli affida allora la direzione di un suo deposito di zolfo a Porto Empedocle, il che permetterà a Stefano di ritornare all'agiatezza di prima; ma dovendo egli recarsi ogni settimana a Palermo per i rendiconti, vi trasferisce la famiglia.

Il distacco dalla sua città era stato piuttosto triste per Luigi, ma la capitale dell'Isola doveva riservare al giovanissimo Pirandello un campo di esperienze culturali e di vita certo assai piú ricco che non la piccola provinciale Girgenti alla quale tuttavia egli rimase sempre legato ed il cui ambiente rivive cosí spesso attraverso i filtri della memoria e della fantasia nella sua opera di narratore e di drammaturgo. Palermo era qualcosa di assolutamente diverso da Girgenti, e a Palermo le sue impressioni giovanili furono quelle di un mondo nuovo, una grande e illustre città che improvvisamente allarga gli orizzonti del ragazzo, muove la sua fantasia, la illumina, e di questa improvvisa mutazione rimarrà qualche traccia, nel senso della scoperta di un mondo pressoché favoloso, in romanzi e novelle. Sono questi, tra il 1880 e il 1886, gli anni formativi di Pirandello sul piano degli studi e delle scoperte culturali, certo piú ricche e moderne che non quelle che poteva suscitare in lui l'ambiente di Girgenti, la disordinata biblioteca Lucchesiana, che però lascerà un'impronta nei suoi ricordi, e sono di questo primo periodo palermitano le prime poesie, scritte di nascosto dei familiari, nelle quali si avvertono reminiscenze di letture scolastiche, da Foscolo a Prati, da Carducci a Graf, ed extrascolastiche da Rapisardi e dallo Stecchetti. Le biografie di Federico Vittore Nardelli e quella di Gaspare Giudice riportano versi e brani di queste poesie, che rivelano anche al di là delle « semplici approssimazioni – come scrive il Giudice – a un'ideale antologia romantica », una certa carenza di discriminazione critica tra i vari modelli e le molte appassionate letture che egli veniva compiendo.

Non pochi nomi e immagini femminili affiorano in questo « piccolo canzoniere pirandelliano », una Brunetta, una « villanella », una Ghita, e ancora Maria, e finalmente Linuccia, unica tra tutte queste immagini femminili che abbia una consistenza in certo senso storica, nella persona di Lina, la diciannovenne figlia di un fratello di Stefano, di cui il sedicenne Luigi si innamorerà perdutamente, e piú tardi sarà la prima fidanzata dello scrittore. Alcune di queste poesie furono oggetto di pubbliche letture, e il sonetto « Fiori secchi » fu pubblicato nel periodico (probabilmente palermitano) *Sogni e fiori*. Una novella di Luigi Pirandello diciassettenne, *La capannetta*, fu pubblicata sulla *Gazzetta del popolo della domenica* di Torino, in data 1° giugno 1884.

Ambedue i biografi, sia l'agiografico Nardelli, sia il Giudice, modernamente critico e selettivo, sono concordi nel riportare un episodio di quest'epoca, quello di un suo « gran gesto contro il padre »: la sorpresa nel parlatorio di un convento di cui era madre badessa la stessa zia di Stefano, di suo padre che, complice l'anziana religiosa, vi si era dato convegno con una sua amante, a lui stesso legata da lontani vincoli di parentela. Un piccolo scandalo di famiglia, che però incise profondamente nei rapporti tra padre e figlio. Scrive il Nardelli che tra padre e figlio « discese un silenzio ostinato e lontano », che sopravvisse, anche quando Stefano ormai vecchio e povero, trovò rifugio, nel 1915, dopo la morte della moglie, nella casa di Luigi a Roma. Come accade per casi consimili in famiglie della borghesia meridionale, rimase nel padre e nel figlio un impulso contrastante di rimorso e di rancore reciproco, e di questo stato d'animo si riverberano tracce in opere narrative dello stesso Pirandello: nella novella *Ritorno*, indicata dall'autore medesimo al Nardelli come autobiografica, e in modo particolare nel romanzo *I vecchi e i giovani*, dove il personaggio di Flaminio Salvo ha piú di un tratto in comune col padre e cosí l'atmosfera della sua famiglia. In altre parole, questo episodio fu l'occasione di un nuovo trauma familiare, che dové incidere piuttosto a fondo nell'animo di Luigi, lasciando in esso una traccia indelebile, al punto da condizionare piú tardi la sua stessa ispirazione di scrittore.

Lo stesso Nardelli accenna piú volte all'atmosfera di sospetto, di « dispetto accumulato » che si respirava in casa Pirandello. Non è improbabile che proprio questa atmosfera familiare, alla quale si aggiunse una grave malattia che colpí una delle sorelle di Luigi, abbia influenzato sulla decisione di Stefano di riportare nel 1886 la famiglia nel Girgentano, a Porto Empedocle, l'emporio del commercio zolfiero sulla costa del canale di Sicilia, dove egli aveva il centro della sua attività. Ma Luigi rimase a Palermo per frequentare, ospite di parenti, l'ultimo anno di liceo.

È l'epoca del primo fidanzamento di Pirandello, quello con la bella cugina, di quattro anni piú anziana di lui, Lina, di cui il giovane era innamoratissimo, forse da lei in un primo tempo solo tiepidamente ricambiato, se è vero, come accennano i biografi, che ella accettasse di impegnarsi con lui forse in un momento di crisi o di delusione sentimentale, certo con qualche opposizione in seno alla sua stessa famiglia (per non parlare di quella assai piú recisa del padre di lui), la quale pretese che il giovane abbandonasse gli studi per dedicarsi esclusivamente al traffico dello zolfo nell'azienda paterna, che era tornata ad essere fiorente come una volta, per poter affrontare i pesi di una famiglia, e Luigi stesso raggiunse Porto Empedocle, appena concluso l'anno scolastico. Un'esperienza del tutto nuova per il giovane studente e poeta, repentinamente trasferito dai suoi libri e dalle sue carte al lavoro di controllo e di pesatura sotto il sole implacabile, in una polverosa nube giallastra di zolfo.

Di questo salto improvviso in un mondo del tutto diverso da quello che era stato l'ambiente della sua formazione giovanile e dei suoi studi liceali, è piú di una testimonianza in quel romanzo in qualche misura autobiografico che è *I vecchi e i giovani* dove lo scrittore riflette se stesso, almeno in parte, nel personaggio di Antonio Del Re, e tuttavia forse con qualche accentuazione di uno stato d'animo di isolamento e di solitudine.

Il romanzo è centrato in gran parte sul contrasto già latente ma vivo, al tempo di Pirandello, tra la generazione del Risorgimento, la generazione di Stefano Pirandello e forse ancor piú degli zii Ricci Gramitto, uno dei quali è raffigurato in Roberto Auriti, l'ex garibaldino, zio appunto del personaggio nel quale Pirandello rappresenta se stesso. Vi si riflette in gran parte lo stato d'animo negativo, del cèto sociale al quale il giovane Pirandello appartiene, quella borghesia che, all'indomani del Risorgimento stesso, si trova disorientata e spesso frastornata dagli scandali e dalle contrapposizioni di ideologie e di interessi di una società che si rinnova, ed è incapace di distinguere criticamente i dati positivi e quelli negativi di un processo storico in atto. E forse questo stato d'animo impedisce a Pirandello stesso di trarre tutte le conseguenze, nel romanzo sopra citato e cosí in novelle che hanno per tema il mondo delle zolfare (*Ciàula scopre la luna, Il fumo, Lontano, Prima notte, Il libretto rosso*) o che comunque hanno con esso qualche connessione, tanto piú che l'epoca del romanzo coincide con quella delle agitazioni operaie e contadine in Sicilia guidate e organizzate dal movimento dei Fasci Siciliani dei lavoratori. Anche se è palese in Pirandello la coscienza della tragica condizione di sfruttamento e di miseria alla quale sono sottoposti i lavoratori, quasi sempre contadini poverissimi che abbandonano le magre e riarse campagne, o i *carusi*, ragazzi costretti a un lavoro assai duro, tuttavia l'impatto con questa ossessiva realtà siciliana, ed anche l'avvio ad una coscienza diretta di alcuni essenziali problemi socio-economici, non lo porteranno ad una decisiva presa di coscienza. Oscillerà infatti, negli anni successivi, tra un'adesione piú che altro formale alla polemica dei « fasci » stessi, e i timori, le rèmore, le riserve tipici della classe borghese da cui proveniva, tra il disdegno di stampo regionalista, per la repressione dei moti siciliani posta in atto dai governi dell'Italia unita, e un certo nazionalismo sia pure con reminiscenze risorgimentali; e non è senza significato che egli affidi la protesta per le condizioni dei lavoratori delle zolfare di Porto Empedocle, in *I vecchi e i giovani*, a un personaggio « sgradevole » come l'agitatore Nòcio Pigna, e che proprio ne *I vecchi e i giovani* (scritto nel 1908) il Crispi venga designato come « il vecchio glorioso statista »,

> « quel vecchio venerando che ancora intorno all'avvenire della patria s'illudeva come un fanciullo ».

Probabilmente questo nuovo incontro con la realtà fu per il diciannovenne Pirandello l'occasione di un nuovo trauma, quello di una impossibilità di far coincidere il suo mondo con quello degli altri, uno scacco che confermava la sua solitudine, la sua inettitudine sul piano della vita sociale, e con essa la persuasione di una sua personale incapacità di far coincidere un suo mondo ideale, e forse pure un suo imperativo morale, con le esigenze della vita e della società e con i loro meccanismi.

Dopo i tre mesi delle vacanze estive Luigi riesce ad ottenere dal padre di iscriversi all'Università di Palermo nelle facoltà di legge e di lettere, e riprendere cosí nella capitale dell'Isola i suoi studi preferiti, il prediletto esercizio della poesia, che divenne, da allora, sua cura pressoché esclusiva. Non risulta infatti che a Palermo Pirandello fosse coinvolto, per tutto l'anno che vi rimase, nella fervida attività politica e politico-culturale di cui era centro in quegli anni l'ateneo palermitano, dove si formarono proprio in quel periodo i principali ideologi e dirigenti del movimento dei Fasci Siciliani, alcuni dei quali furono tuttavia suoi amici, come Francesco De Luca, come il girgentano Enrico La Loggia, come il De Felice-Giuffrida. Non è difficile che queste amicizie abbiano in certo modo ispirato le pagine de *I vecchi e i giovani* nelle quali traspare quella solidarietà di cui si è detto dianzi, per la dura vita dei lavoratori dello zolfo, e la misurata simpatia per le rivendicazioni operaie.

Per il giovane Pirandello fu quello, quasi certamente, un anno difficile, anche a causa del declinare del suo rapporto amoroso con la cugina, forse per la differenza di età, ma forse ancor piú in ragione di un certo disagio sul piano della vita familiare, di interferenze di parenti e di amici, e forse di gelosie e sospetti di Pirandello stesso.

Comunque il fidanzamento tra i due giovani continua

anche quando Luigi Pirandello, l'anno successivo, si trasferirà a Roma, per proseguire i suoi studi, ma certo molto stancamente, sino a che non sopravverrà la rottura definitiva.

Breve il primo periodo di Pirandello a Roma; in certo senso egli non lascia del tutto la Sicilia con la quale sarà unito per tutta la vita da sottili ma solidissimi legami e la Sicilia rimarrà sino all'ultimo giorno la fonte piú ricca della sua ispirazione. Anche in questo suo primo tempo romano egli rimane in un ambiente regionale, anzi addirittura municipale, girgentano, essendo andato ad abitare presso lo zio Rocco Ricci Gramitto fratello della madre, ex cospiratore, condannato a morte in contumacia dal regime borbonico, garibaldino nel '60-61, e già aiutante di Garibaldi nella spedizione stroncata ad Aspromonte, ora piú che cinquantenne funzionario di prefettura, accasato con una ex cantante tardivamente sposata, in un appartamento di Via del Corso, piú tardi coinvolto, sembra del tutto innocente, nello scandalo della Banca Romana. In casa dello zio Rocco si viveva in un'atmosfera di goliardica effervescenza e di « artistico » disordine; Pirandello invece doveva essere uno di quei giovani intellettuali del Sud (con in piú le ipoteche borghesi della sua formazione girgentana) chiusi, portati all'introspezione, e tuttavia col bisogno di un ordine magari esteriore, ma rigorosamente perbenistico. Non resse a quell'atmosfera, e cambiò casa assai presto, andando ad abitare poco lontano in una pensione in Via delle Colonnette. Difficile dire se e quanto, nel corso di questo primo soggiorno romano, Pirandello si sia trovato a suo agio nella capitale e soprattutto nell'ambiente universitario romano. Sono di questo periodo due tentativi di far rappresentare in teatri di Roma suoi lavori (uno dei quali ha un titolo significativo, *Provando la commedia*, che già prefigura l'idea di un pirandelliano « teatro nel teatro »), ma evidentemente senza successo: non v'è traccia tuttavia di rappresentazioni pirandelliane nelle cronache teatrali romane dell'epoca ed anche i testi sembra siano andati distrutti.

D'altronde anche le tracce lasciate da questo primo periodo romano, nella raccolta di poesie *Mal giocondo*, sono in genere reminiscenze o esercitazioni letterarie, sia che evochino gli aspetti monumentali della città e i suoi ricordi storici, sia che le contraddizioni e i contrasti politici e sociali di quel particolare momento lo spingano piuttosto all'invettiva; ma non manca del tutto in esse la mediazione dell'ironia, il doppio fondo di un *humour*, sia pure pessimistico, talvolta al limite nel nihilismo, anche se non è ancora quello del Pirandello maggiore, di molte novelle, di commedie come *La giara*, *Il berretto a sonagli*, di romanzi come *Suo marito*, *Uno nessuno e centomila*.

Breve questo primo soggiorno romano, troncato da un contrasto col docente di latino, Onorato Oggioni, preside della facoltà di lettere. Presentato da un suo maestro, Ernesto Monaci, al prof. Wendelin Förster, Pirandello si iscrive all'Università di Bonn, rinomata in quel tempo per la sua scuola di filologia romanza, e forse per questo scelta dal giovane studente, preferendola a quella di Berlino, forse anche a causa della maggiore possibilità di raccoglimento e di concentrazione che poteva assicurare ai suoi studi la piccola città renana, piuttosto che una metropoli com'era ormai la capitale dell'impero germanico.

Non è improbabile che anche su Pirandello, come su molti altri intellettuali meridionali (vorremmo citare a questo proposito un Borgese, un Alvaro, un Rosso di San Secondo), abbia operato un certo fascino (o mito) del Nord, come scoperta di un mondo del tutto diverso da quello delle proprie origini, un mondo intellettualmente piú alacre ed aperto, una cultura piú vasta e piú articolata, un costume di vita libero dai tabú del mondo mediterraneo, una società piú operosa. Alcune lettere di Pirandello alla sorella Lina porterebbero qualche conferma di questa ipotesi, anche se piú tardi trasparirà nell'uomo e nello scrittore una certa insofferenza per il mondo germanico (e va anche aggiunto che sul piano politico egli fu sempre antitriplicista convinto nonostante la sua ammirazione per Crispi) e per la cultura tedesca, ma egli fu a Bonn uno studente di esemplare diligenza, in modo particolare in quelle che erano le materie di studio specifiche della sua facoltà, approfondendo in modo pressoché completo la sua conoscenza del tedesco e partecipando fervidamente alla vita universitaria in stretto contatto con docenti e compagni di studi.

Nonostante fosse ancora almeno formalmente legato dal

fidanzamento con la cugina Lina (che sarà sciolto definitivamente nel 1893, al suo ritorno, dopo la laurea, in Sicilia), avrà anche una relazione, piuttosto impegnativa e certo non platonica, con una ragazza di Bonn, Jenny Schulz-Lander, bella e intelligente, presso la cui famiglia Pirandello ha in affitto due stanze. A lei è dedicato il secondo, piú esile volume di versi, *Pasqua di Gea*, apparso nel 1891 presso la Libreria Editrice Galli di Milano. Il biografo in certo senso « autorizzato », Federico Vittore Nardelli, nella preoccupazione di offrire ai suoi lettori un Pirandello assolutamente irreprensibile, la pone candidamente accanto a lui come una amorosamente casta confidente. Proprio dai testi poetici che Pirandello le dedica si deducono invece frequenti visite notturne di Jenny stessa nella camera dell'amico:

> « Giú per la scala di legno / furtiva tu scendi la notte. / Tremi e nel profondo amplesso / soffochi la paura... »;

e aggiunge, descrivendo il mattino:

> « ... come un'italica aurora tu rosea ti levi / dall'amorose lotte con voluttà perdute... ».

Ma anche questo legame con la giovane tedesca, come afferma il Giudice, « non è un amore del tutto abbandonato, né privo di rimorsi e di inibizioni »: il breve canzoniere di quest'amore che è *Pasqua di Gea* lascia trasparire come, pur non negandosi alla « gioja delle fiorenti membra », Pirandello non riesca a superare una sua incapacità all'abbandono totale, una censura intima che gli vieta di liberarsi da ombre di pregiudizi e di tabú.

Tuttavia l'importanza del periodo di Bonn per lo studio della personalità e dell'opera di Luigi Pirandello sta soprattutto, a nostro avviso, piú che negli incontri femminili o mondani, nella scelta professionale e culturale che egli vi compie, anche con la tesi di laurea rigorosamente filologica: una dissertazione (titolo originale *Laute und Lautenwickelung der Mundart von Girgenti*, cioè *Suoni e sviluppo di suoni nella parlata di Girgenti*), che appena pubblicata meritò la recensione di uno dei piú illustri studiosi di filologia romanza dell'epoca, il Meyer-Lübke, sul

Literaturblatt für germanische und romanische Philologie. Anche se tra le righe dell'epistolario pirandelliano con i familiari traspare già una certa insofferenza per la Germania e per l'ambiente germanico, i due anni all'Università di Bonn concorsero probabilmente ad accentuare l'indirizzo del giovane intellettuale siciliano verso una cultura accademica e in certo senso istituzionalizzata. Le due raccolte poetiche giovanili *Mal giocondo* e *Pasqua di Gea*, e piú ancora forse le *Elegie Renane*, rivelano un manierismo formale piuttosto spiccato, sotto il quale pullula un larvale mondo poetico, tuttavia complesso e carico di contraddizioni, e in filigrana il vitalismo pessimista del Pirandello dilacerato, il suo tragico rifiuto di ogni consolazione; è a Bonn, nel clima culturale della grande scuola filologica germanica, che assume una sua fisionomia il professor Pirandello, il « letterato » Pirandello, raffinato stilista, attentissimo all'uso della parola.

Il Giudice[3] parla del ritorno di Pirandello a Roma, dopo la laurea a Bonn nel 1891, con un « decoroso » assegno mensile del padre, come di quello di un « letterato di carriera », che ha « tagliato via da sé tutti i vincoli profani », come « un laico seminarista dell'arte ». Una situazione che gli permette comunque di non essere mai in una posizione marginale nel mondo borghese girgentano dal quale proviene, il *coté* familiare Ricci Gramitto, con tradizioni culturali e professionali che i Pirandello non hanno. È libero tra l'altro dagli obblighi militari che sono stati assunti per lui dal fratello Innocenzo piú giovane di cinque anni; da Bonn ha già collaborato a giornali e riviste italiane, e a Roma cerca subito di inserirsi nell'ambiente letterario in certo senso « ufficiale ». Frequenta infatti il siciliano Ugo Fleres giornalista e pittore, che lo presenta a Luigi Capuana anch'egli siciliano, a Giuseppe Mantica, Giovanni Alfredo Cesareo, Ugo Ojetti, Giustino L. Ferri, Giuseppe Aurelio Costanzo, Pietro Canonica, Tommaso Gnoli, Ettore Romagnoli, scrittori e artisti tutt'altro che d'avanguardia o comunque innovatori, per lo piú docenti universitari o giornalisti di organi tradizionali.

Potremmo dire che col ritorno da Bonn Pirandello entra nel quadro istituzionale al quale gli studi presso l'Univer-

[3] *Op. cit.*, pag. 142.

sità della città renana lo hanno in certo senso abilitato, con tutto il prestigio che poteva derivarne presso il piccolo mondo letterario romano. È probabile che l'anno stesso di questo suo ritorno abbia composto l'atto unico *L'epilogo*, ma continuerà a scrivere poesie e a collaborare a riviste letterarie con recensioni e novelle. Da Luigi Capuana, il piú illustre, a quell'epoca, tra i suoi amici, è spinto a intensificare il suo lavoro di narratore in prosa, e scrive il primo romanzo *Marta Ajala*, che pubblicherà solo nel 1901 col titolo *L'esclusa*. Anche il matrimonio nel 1894, a Girgenti, con tutti i crismi tradizionali, rientra in questo quadro. La sposa, Maria Antonietta Portulano, figlia di un ricco socio di affari del padre, gli porta una dote cospicua per quell'epoca. Il fidanzamento era stato attentamente negoziato tra le due famiglie: ai due giovani era stato appena concesso di vedersi da lontano nel quadro di un preciso rituale familiare. Antonietta ha ventidue anni (quattro meno di Luigi), ed ha compiuto i suoi studi presso le suore girgentane di San Vincenzo, dove, orfana di madre, è stata severamente educata secondo i canoni della rigida moralità ottocentesca e siciliana, che la famiglia Portulano condivide con i pregiudizi ad essi relativi.

Il periodo successivo al matrimonio è felicemente creativo per il giovane letterato. Insieme alla stesura del primo romanzo, *L'esclusa*, che apparirà otto anni piú tardi, nel 1901, uscirà nel '94, l'anno stesso del matrimonio, la prima raccolta di novelle; egli completa quindi la stesura dei *Dialoghi tra il Gran Me e il piccolo me*, la cui seconda parte apparirà nella rivista *Tavola rotonda* nel novembre 1895, e quell'anno stesso pubblica presso l'Unione Cooperativa Editrice le *Elegie Renane*. È altresí del '95 la stesura del suo secondo romanzo, *Il turno*, che vedrà la luce nel 1902 presso l'editore di Catania Giannotta. L'anno successivo invece appariranno presso l'editore Giusti di Livorno le sue traduzioni delle *Elegie romane* di Goethe. Si intensifica in questo periodo la sua collaborazione a giornali e riviste, tra le quali la *Gazzetta letteraria* di Torino, *Natura ed Arte*, *Roma letteraria*, *La Critica* (diretta da Gino Monaldi), pubblica note di critica d'arte da Roma sul *Giornale di Sicilia* di Palermo (ricorderemo a questo proposito come Pirandello sia stato anche pittore), collabora a *La Tribuna illustrata*, *La Vita italiana*, con note e articoli di critica letteraria, di filologia, di erudizione, dal novembre 1896 sarà tra i collaboratori del giornale letterario fiorentino *Il Marzocco*, diretto da Angelo Orvieto. Nel 1897 è incaricato dell'insegnamento della lingua italiana nell'Istituto Superiore Femminile di Magistero di Roma, di cui è direttore Giuseppe Aurelio Costanzo, in sostituzione di Giuseppe Mantica. È la cattedra universitaria che in certo modo aggiunge alla sua vocazione di poeta e di letterato il crisma che attesta il suo *status* professionale: Pirandello non è piú « il laico seminarista dell'arte », ma diventa a tutti gli effetti (anche se piú tardi si dimostrerà insofferente della *routine* scolastica) quel « letterato di carriera » che gli studi a Bonn avevano prefigurato, rimuovendo forse le ultime diffidenze del padre Stefano, uomo d'affari avveduto, ma a volte anche estroso e imprudente, che l'anno dopo si dichiarerà disposto a finanziare la quota parte del figlio per l'acquisto, insieme a Domenico Gnoli, della testata della rivista *Nuova Antologia* e per la sua gestione, acquisto che non ebbe luogo a causa di interferenze politiche (la rivista fu acquistata invece dal deputato, piú tardi senatore, Maggiorino Ferraris). E forse con l'appoggio finanziario del padre l'anno dopo, il 1898, Luigi Pirandello fu tra gli iniziatori – con Italo Carlo Falbo e Ugo Fleres – di un settimanale letterario dal titolo « Ariel ».

Trascorre tranquilla, almeno apparentemente, in questi anni la vita familiare dello scrittore: nel giugno del 1895 era nato il primogenito, Stefano, nello stesso mese del 1897 la figlia Lietta e ancora nel giugno del '99 il terzo figlio, Fausto. Tranquilla, ma forse con un groviglio di malintesi difficili da dipanare, ma che esploderanno piú tardi, dopo lunghi anni operosi e senza preoccupazioni di carattere economico, il che permette a Pirandello di allargare le sue collaborazioni (quasi tutte non retribuite). Anche se nel 1901 raccoglierà sotto il titolo *Zampogna* (Soc. ed. Dante Alighieri) le poesie successive a *Pasqua di Gea*, la sua produzione di questi anni sarà quasi esclusivamente di carattere critico e narrativo; molte sono infatti le novelle apparse in questo periodo. Tra le nuove collaborazioni quella sulla *Tribuna*, *Nuova Antologia*, *La Riviera Ligure*, *La settimana* di Napoli. Nel 1902 appaiono anche due volumi di novelle: *Beffe della morte e della vita* (ed. Lumachi, Firenze) e *Quand'ero matto* (Streglio, Torino).

La crisi del 1903

Il 1903 è l'anno che segna la grande crisi familiare di Luigi Pirandello a causa dell'improvviso tracollo finanziario di suo padre, in seguito all'allagamento di una miniera di zolfo nella quale egli aveva impegnato non soltanto tutti i suoi capitali ed anche, forse in modo non del tutto corretto, la stessa dote della nuora a lui affidata come un proficuo investimento. Antonietta ne ebbe notizia attraverso una lettera da lei letta in assenza del marito da casa: al suo ritorno egli trovò la moglie a letto, sconvolta dalla notizia e semiparalizzata. Non è improbabile che questo trauma di Antonietta, dal quale ella non si risolleverà piú, sia la somma di piccoli o meno piccoli, ripetuti attriti nella vita familiare dei Pirandello, traumi che risalgono addirittura all'epoca del fidanzamento. Sin dall'inizio, l'incontro tra i due giovani lascia trasparire una sostanziale reciproca difficoltà, l'ombra, saremmo per dire, di una incomprensione, di una latente inadeguatezza reciproca. La fragilità psichica di Maria Antonietta risale alla sua stessa educazione familiare.

Lo stesso matrimonio può essere stato occasione in Maria Antonietta di un trauma psicologico, se è vero – come afferma Gaspare Giudice, che ricava l'informazione da confidenze di persone della famiglia Portulano – che Pirandello non volle « consumare » le nozze immediatamente, e se ne astenne per qualche giorno, forse per una sua ottocentesca valutazione romantico-sessuofobica dell'atto sessuale o perché si rendeva conto di una mancanza di confidenza con la sposa, ma non è difficile che, a causa appunto del formalismo della sua educazione che implicava altresí una supervalutazione dell'uomo-marito come « maschio », ella rimanesse fortemente delusa di un tale comportamento, riportandone anche, se non altro per non poter manifestare, a causa appunto dei pregiudizi della sua educazione, questa delusione, un certo *choc* psicologico. Difficoltosa per Antonietta, e a causa di altri piccoli o meno piccoli traumi, dové essere ancora la prima ambientazione a Roma, in un mondo cosí diverso da quello provinciale dei Portulano e delle famiglie legate alla sua, con un marito di cui forse non riusciva ad afferrare i pensieri e le fantasie, e il difficile, se non per lei ermetico, linguaggio di quell'ambiente culturale di cui egli fa parte, i suoi problemi cosí diversi da quelli del suo mondo provinciale. Queste sono, certo, le ragioni « dalla parte di Antonietta », cui si aggiunge il colpo finale della sparizione della dote, quasi una perdita di prestigio familiare, di autorità morale. Guarita dopo sei mesi dalla paresi che le aveva inferto la notizia, Antonietta non riuscirà piú a ritrovare un equilibrio, e Luigi Pirandello ne soffrí in tutti gli anni successivi le immotivate gelosie che giunsero sino all'assurdo sospetto di incestuosi rapporti con la figlia Lietta, non senza amorose riconciliazioni seguite da ricadute nella follia e da furenti scenate.

Ma il trauma fu gravissimo anche per lo stesso Pirandello: sembra che nel primo momento egli avesse meditato di suicidarsi, pensando che il ricco suocero, sino a quel giorno sempre in polemica con lui, avrebbe provveduto all'avvenire della famiglia, ed è certo che questo nuovo dissesto del padre abbia avuto un effetto in certo senso determinante sul suo stesso lavoro, sulla sua ispirazione. Pirandello scarta l'idea del suicidio, e si pone il problema di far fronte alle esigenze di vita per sé e per i suoi familiari, problema del tutto nuovo per lui, da risolvere immediatamente: impegna infatti, forse con dolore e vergogna, i gioielli della moglie, e chiede ai giornali e riviste alle quali collaborava, gratuitamente ad alcuni e ad altri per compensi irrisori, di essere retribuito o che gli fosse accresciuta la retribuzione, e pone a frutto altresí la sua conoscenza del tedesco offrendo traduzioni e impartendo lezioni private di tedesco a italiani, di italiano a stranieri.

Si pone in altre parole il problema del suo lavoro letterario, di scrittore « militante », non piú come attività a *latere* di quella del docente, e in certo senso secondaria (irrisorio per le sue necessità lo stipendio di professore incaricato al Magistero e non diverrà titolare della cattedra che nel 1907). Egli è costretto, dunque, pressoché ad uscire allo scoperto, superando taluni limiti che aveva creduto di doversi imporre. E accoglie anche l'invito di Giovanni Cena a scrivere un romanzo per la *Nuova Antologia*: sarà *Il fu Mattia Pascal*, scrivendolo di sera, dopo le lezioni al Magistero e quelle private, vegliando la moglie malata, trasponendo il suo dramma in quello del protagonista, cercando nel perenne contrasto col mondo della moglie, i motivi della fuga dalla sua identità del personaggio stesso, le ragioni essenziali della sua paradossale odissea, penetrando nella sua coscienza con l'amarissimo *humour* di una implacabile analisi. Un romanzo nuovo nella letteratura dell'epoca ed anche rispetto alla sua precedente produzione narrativa, l'una e l'altra ancora legate ai moduli espressivi, alle poetiche del Verismo e del Naturalismo, o a quelle estetizzanti e decadenti della pànica *imagerie* dannunziana.

La novità del romanzo fu subito riconosciuta in Italia e fuori: pubblicato in volume nel 1904 nelle edizioni della stessa « Nuova Antologia » e solo piú tardi, nel 1910, da Treves, fu subito tradotto in tedesco ponendo lo scrittore siciliano su un piano di notorietà internazionale.

Negli anni successivi è piuttosto ricca la produzione di novelle, anche per necessità di guadagno immediato (alcune raccolte appaiono tradotte anche nei paesi di lingua tedesca); ma tra il 1904 e il 1906 appaiono altre raccolte di novelle (*Bianche e nere*, presso l'editore Streglio di Torino, *Erma bifronte*, presso Treves). Nel 1906 Pirandello inizia la stesura del romanzo *I vecchi e i giovani* che ha per sfondo le lotte e i rivolgimenti sociali nella Sicilia degli ultimi decenni dell'Ottocento, il romanzo della « delusione risorgimentale » che ritorna in gran parte, forse anche per essere stato meditato e architettato nelle sue linee essenziali prima de *Il fu Mattia Pascal*, sulla scia del naturalismo, la cui prima parte apparirà, sempre nel 1906, nella *Rivista di Roma*. Il romanzo sarà pubblicato integralmente solo nel 1913, in due volumi, dai Fratelli Treves. Di questo periodo sono anche le molte recensioni che Pirandello pubblica quasi sempre sotto pseudonimo, su giornali e riviste, ed anche i saggi che appaiono raccolti sotto il titolo *Arte e scienza* presso W. Modes, libraio-editore di Roma; comparirà anche quello sull'*Umorismo* (dedicato « alla buon'anima di Mattia Pascal »). In modo particolare quest'ultimo darà l'avvio a una vivace polemica tra lui e Benedetto Croce, ma i due volumi costituiranno altresí il titolo principale per il passaggio in quello stesso anno a professore ordinario presso l'Istituto Superiore di Magistero di Roma, nella cattedra di « lingua italiana, stilistica e precettistica e studio dei classici, compresi i greci e i latini nelle migliori versioni », una nomina che forse in altri tempi gli sarebbe apparsa come il raggiungimento di un punto fermo, mentre ora, avviato com'è, e con crescenti successi, alla letteratura militante, come scriverà qualche anno piú tardi nella *Lettera autobiografica* a Filippo Súrico, l'insegnamento « gli pesa enormemente »; del resto anche negli anni precedenti aveva manifestato « non poche riserve – come afferma il Costanzo nella sua Cronologia – su alcuni aspetti dell'insegnamento che è tenuto ad impartire (in particolare per ciò che concerne la "stilistica") »; ed è peraltro assai poco incline a sottostare a taluni obblighi formali dell'attività didattica. « Ma le sue lezioni – annota sempre il Costanzo –, che il direttore dell'Istituto, G. A. Costanzo, giudica piú vive e stimolanti di quelle di parecchi altri docenti noti per la dottrina e il rigore scientifico, continuano a riscuotere larghi consensi », i consensi in modo particolare degli allievi, anche se alcuni di essi hanno ricordato scatti d'ira e momenti di nervosismo del maestro a volte in contrasto con la sua abituale estrema cortesia e pazienza nella scuola e nella vita privata.

Nel 1909 Pirandello raggiunge uno dei traguardi piú ambiti, allora, e forse anche oggi, dagli scrittori italiani, la collaborazione al *Corriere della Sera*, che durerà ininterrottamente sino alla sua morte (due giorni prima il giornale milanese ne pubblicherà l'ultimo scritto). Lento è invece, e non senza qualche diffidenza, l'avvicinamento di Pirandello al teatro, verso il quale è attratto fin dall'infanzia, come si è visto; ma i tredici anni che corrono tra le crisi familiari del 1903 e il 1915 saranno dedicati in modo particolare alla narrativa, con l'apparizione de *I vecchi e i giovani*, nel 1911 del romanzo *Suo marito*, e principalmente alla novellistica che forse anche a causa della collaborazione al *Corriere della Sera* sarà assai intensa, con la pubblicazione di altre raccolte. Nel 1910 il commediografo siciliano Nino Martoglio lo persuade a trarre una commedia dalla novella *Lumie di Sicilia*. Essa viene rappresentata con successo al Teatro Metastasio di

Roma dalla « Compagnia del teatro minimo » diretta dallo stesso Martoglio; nel '13 la compagnia « del teatro per tutti », diretta da Lucio d'Ambra mette in scena la commedia, pur essa tratta da una novella, *Il dovere del medico*. Tuttavia Pirandello non riuscirà ancora a vincere tutte le sue diffidenze per il teatro, diffidenze forse connesse con una formazione letteraria in certo senso tradizionale e tradizionalista.

Vorremmo aggiungere, quasi in appoggio alla nostra tesi di un Pirandello che parte dalla nativa Sicilia con un'idea istituzionale della letteratura, buon manierista (ma non di rado con impennate e folgorazioni che lasciano presentire il magma incandescente dei suoi inferni) in poesia e talvolta anche in prosa, che nella laurea a Bonn e piú tardi nell'insegnamento scolastico cerca quasi una copertura accademica alla sua vocazione di scrittore che deve anche servire di freno alle tensioni del suo mondo, a ricoprirle sotto il mantello di una certa onorabilità filologica, vorremmo aggiungere, dicevamo, che probabilmente questo atteggiamento mentale gli vieta di essere presente nel dibattito culturale di quegli anni, il dibattito che si sviluppa nelle riviste fiorentine e in modo particolare ne *La Voce* di Papini e di Prezzolini e poi di De Robertis, sulla quale non compare mai la sua firma, né viene mai citato o recensito. Due mondi che si ignorano, anche sul piano di un reciproco contrasto, cosicché nel suo stesso tempo Pirandello ci appare come un'isola in certo senso enigmatica, quasi del tutto astratta dalla realtà della vita culturale italiana, ed anche dal vivo delle questioni essenziali della cultura contemporanea. Occorre aggiungere che Pirandello, il quale sarà tra qualche anno l'autore di testi dirompenti come *Sei personaggi in cerca d'autore, Cosí è (se vi pare)*, *Il berretto a sonagli*, è già l'autore di un romanzo come *Il fu Mattia Pascal* e sarà l'autore di *Uno, nessuno e centomila,* sembra ignorare del tutto le prime avanguardie letterarie e artistiche italiane, il Futurismo, cosí come non sembra recepire alcuna suggestione da movimenti culturali e letterari europei a lui coevi: non lo toccano il Simbolismo e il Surrealismo, l'Impressionismo e l'Espressionismo, o probabilmente finge che non lo tocchino, e solo molto piú tardi si renderà conto di talune affinità della sua ispirazione con le intuizioni e le scoperte di Freud. Vorremmo aggiungere che questo suo isolamento da tutti gli *ismi* contemporanei non soltanto è uno dei caratteri della solitudine pirandelliana, ma conferisce altresí una particolare libertà alla sua osservazione del mondo e della vita, ed anche una certa autonomia espressiva alla sua scrittura. E va aggiunto che mai Pirandello può apparirci come un incolto o come un uomo fuori del tempo; al contrario, nonostante questa sua astrazione dalle problematiche a lui contemporanee ed il sopravvivere di taluni stampi e particolarità di linguaggio ancora tipicamente ottocenteschi, anche nelle sue opere piú esplicitamente ricche di novità, egli non è mai scrittore antiquato o stancamente tradizionale.

È astratto altresí da quella che era la cultura e il dibattito politico del suo tempo: si dice anarchico individualista, ma è forse un atteggiamento « diabolico », cioè una sorta di beffarda sfida anticonformista: è in sostanza un apolitico, anche perché il suo corrosivo spirito di negazione gli vieta di inserirsi in una linea, se non proprio in una ideologia politica. Tuttavia non vanno dimenticate le origini risorgimentali della sua educazione familiare che incidono su lui anche nel senso di una delusione nata da quello che egli considera il tradimento politico del Risorgimento da parte delle nuove classi dirigenti italiane. Fu, alla vigilia del primo conflitto mondiale, coerente col suo antitriplicismo, esplicitamente e ardentemente interventista, ma detestò la guerra quando nel 1915 suo figlio Stefano si arruolò volontario, e tuttavia fu tentato di essere anch'egli arruolato come volontario, a quasi cinquant'anni e senza essere stato mai soldato prima di allora. Ateo dichiarato, il suo moralismo si modella tuttavia sui canoni sessuofobici della tradizione cattolica, accentuati peraltro dall'origine siciliana. Ma in certo senso proprio da queste ambiguità e ambivalenze, dallo stridore di queste contraddizioni ha origine la straordinaria acutezza e saremmo per dire l'implacabilità di Pirandello nell'analisi dei sentimenti, la capacità di cogliere attraverso l'assurdo e il grottesco della condizione umana le ambivalenze, i sottofondi di angoscia, di scoprire in fondo alle animе dei suoi personaggi il perenne paradosso dell'esistenza, « la pena di vivere cosí ».

Guerra e dopoguerra

Il 1915 e gli anni che seguirono segnano un altro nodo doloroso della vita familiare di Pirandello, anche se sono tra i piú operosi per il suo lavoro di scrittore. Come nel 1903 il dissesto finanziario del padre e la follia della moglie provocano in lui la presa di coscienza di un suo complesso e drammatico mondo poetico per la cui espressione non sono piú sufficienti e adatti i mezzi e gli strumenti del suo esordio, cosí ora nascono in lui nuove tensioni con l'esigenza di superare gli ultimi diaframmi imposti dalla sua formazione, dalla stessa collocazione sociologica delle sue origini. Sulla sua vita familiare pesa sempre il dramma dell'estrema labilità psichica della consorte che non si è mai ripresa del tutto dal trauma del 1903, con frequenti ricadute in manifestazioni di cupa follia, ma all'entrata dell'Italia nel primo conflitto mondiale, il figlio Stefano, studente in lettere e scrittore, parte volontario per il fronte; anche il secondo figlio, Fausto, che piú tardi diventerà un affermato pittore, è chiamato alle armi, tuttavia, malato di tubercolosi, sarà prosciolto alcuni mesi piú tardi. Rimarrà chiuso nella solitudine e nell'angoscia per la sorte di Stefano, esposto a tutti i pericoli, per le condizioni di Fausto, accanto alla moglie che lo opprime con furenti e assurde scene di gelosia.

È di questi anni la sempre piú decisa evoluzione di Pirandello verso il teatro, senza tuttavia che egli rinunci al suo lavoro di narratore; nel 1912 incomincia infatti a scrivere il romanzo *Uno, nessuno e centomila*, che riprenderà e porterà a compimento nel 1925; nel 1915 appare a puntate sulla « Nuova Antologia » il romanzo *Si gira*, che l'anno dopo uscirà in volume presso Treves (piú tardi, 1925, in edizione definitiva col titolo *Quaderni di Serafino Gubbio operatore*). Caduto prigioniero, ferito, in novembre il figlio Stefano, Pirandello, che lo sa in precarie condizioni di salute, cerca di ottenere con uno scambio di prigionieri il suo ritorno, facendosi ricevere anche da alti dignitari della Chiesa, ma le condizioni poste dal governo imperiale di Vienna (il cambio con tre importanti ufficiali austriaci di marina prigionieri) rendono impossibile l'operazione ed è lo stesso presidente del consiglio dell'epoca, il siciliano Vittorio Emanuele Orlando, amico personale, a far comprendere allo scrittore l'estrema difficoltà, per un governo costituzionale, di accontentarlo, e Pirandello si adatta, sia pure a malincuore ed anche sapendo che la moglie lo accuserà di non aver voluto far tornare il figlio o di non aver fatto tutto il possibile per farlo tornare. La gelosia di Antonietta si è mutata in aperta e a volte scatenata ostilità nei confronti del marito, alimentata anche dai pregiudizi provinciali sul suo lavoro di scrittore, da lei considerato, almeno cosí sembra affermare il biografo Federico Vittore Nardelli, una forma di esibizionismo.

Nel 1915, poco dopo la partenza di Stefano per il fronte, muore a Girgenti la madre di Pirandello, Caterina Ricci Gramitto. È un nuovo colpo che si aggiunge agli altri, e ne è testimonianza il *Colloquio con la madre,* scritto nel 1915, subito dopo la scomparsa di Caterina, e il primo dei *Colloqui coi personaggi.*

Immerso in un ormai complesso dramma familiare, costretto alla solitudine, Pirandello non ha altro rifugio che le lettere al figlio in un campo di concentramento della Moravia, che sa molto malato, e la letteratura; è un rifugio in una certa misura polemico, quasi una prova ed anche un recupero, di se stesso. Il 1916 è l'anno del suo approccio al teatro, dal quale aveva deciso di tenersi lontano dopo la caduta, al Teatro Manzoni di Milano, il 19 aprile 1915, della prima commedia in tre atti da lui scritta *Se non cosí,* la cui stesura iniziale risaliva al 1899, su una prima idea (titolo *Il nibbio*) del '96, e avrà nel 1921 per titolo definitivo *La ragione degli altri.*

Non è senza interesse porre in rilievo che questo definitivo incontro di Pirandello col teatro avviene sotto il segno della Sicilia, quasi come un ritorno dello scrittore alle fonti popolari piú schiette della sua ispirazione. Si lascia convincere infatti dopo molte insistenze da Nino Martoglio a ricavare dalla novella *Pensaci Giacomino* una commedia in tre atti con lo stesso titolo, che la compagnia dell'attore siciliano Angelo Musco mette in scena il 10 luglio 1916 al Teatro Manzoni di Roma, con vivissimo successo, e vivissimo successo avrà pure, il 4 novembre dello stesso anno, al Teatro Argentina, la « commedia campestre » *Liolà,* pure in tre atti, in dialetto siciliano. Anche se per qualche tempo si rifiuterà di assistere alle rappresentazioni delle sue opere teatrali, Pirandello è ormai lanciato nel teatro: il 18 giugno 1917 la Compagnia di Virgilio Talli mette in scena con successo la « parabola in tre atti » *Cosí è (se vi pare)*, tratta dalla novella *La signora Frola e il signor Ponza, suo genero*; il 27 giugno, al Teatro Nazionale di Roma, va in scena, rappresentata dalla Compagnia di Angelo Musco, la commedia in dialetto siciliano *'A birritta cu' i ciancianeddi* (*Il berretto a sonagli*), e il 9 luglio l'atto unico, sempre in dialetto, *La giara*. Il 27 novembre la Compagnia di Ruggero Ruggeri rappresenta al Teatro Carignano di Torino la commedia in tre atti *Il piacere dell'onestà*.

Il 1918 è l'anno culminante di questo periodo di crisi, nel quale tuttavia Pirandello artista trova la sua strada lasciandosi alle spalle ormai definitivamente ogni residua traccia di naturalismo. Appare presso l'editore Treves una nuova raccolta di novelle, *Un cavallo nella luna* che si aggiunge a quelle apparse già negli anni precedenti, nel 1915 *La trappola* e *Erba del nostro orto* (Studio editoriale Lombardo, Milano), nel 1917 *E domani lunedí* (ed. Treves). Il 22 novembre al Teatro Rossini di Livorno la compagnia di Emma Gramatica rappresenta la commedia in tre atti *Ma non è una cosa seria*, tratta dalle novelle *La signora Speranza* e *Non è una cosa seria*. Al Teatro Quirino di Roma la compagnia di Ruggero Ruggeri, protagonista femminile Vera Vergani, mette in scena la commedia in tre atti *Il giuoco delle parti*.

Nel novembre del 1918, poche settimane dopo la fine della guerra, ritorna il figlio Stefano, e questo ritorno permette a Pirandello e ai suoi familiari di prendere la decisione, che fu in quel momento molto difficile e dolorosa e che lo scrittore affronta dopo molta esitazione, su consiglio dei medici, di trasferire Antonietta in clinica, dove, non trovandosi piú accanto il marito, ella sembra riacquistare un po' di tranquillità. È piuttosto curioso dover annotare come una tipica situazione della novellistica e del teatro pirandelliani si sviluppi proprio nel quadro familiare di Pirandello: Antonietta odia nel marito, sia pure spinta da un folle impulso (nel fondo del quale è certo una bruciante passione), un'immagine che non ha alcuna rispondenza con l'uomo Pirandello, l'immagine di un diabolico donnaiolo capace di insidiare le sue alunne, audace corteggiatore di visitatrici e di amiche di famiglia e di mogli di amici, con pensieri incestuosi nei confronti della stessa figlia, laddove testimonianze pressoché unanimi di alunne, di amici, di familiari, di chiunque lo abbia avvicinato, confermano non soltanto una sua assoluta incapacità a pose gallistiche, ma altresí una correttezza talora eccessiva nei confronti dell'altro sesso. Va aggiunto che Antonietta nella sua follia detesta le qualità migliori di suo marito, il suo attaccamento al lavoro, la sua cultura, la sua vocazione d'artista, valutandole ingiuriosamente come prove di infedeltà, di fatuità, di vanità. Nessuno ha forse sondato, salvo forse lo stesso Pirandello, il dramma intimo, profondo, di questa donna, e se Pirandello lo ha fatto non lo ha certo rivelato ad altri. Questa avversione di Antonietta va forse cercata nel suo ambiente familiare: il padre di lei, Carmelo Portulano, detestò sin dall'inizio il genero, e la perdita della dote della figlia accrebbe forse la sua malevolenza. È probabile che tra il padre e il marito, la buona siciliana attaccata alla « roba » si sia sentita solidale col primo piuttosto che col secondo, contro il quale aveva accumulato già prima della crisi economica rancore e dispetto, e forse anche una certa carica borghesemente provinciale di timorosa astiosità per il corrosivo intellettuale che non va a messa e che forse non nasconde la sua avversione per i pregiudizi di classe (anche se è tutt'altro che un rivoluzionario) nei quali ella è stata educata. Con il ricovero in clinica di Antonietta, Luigi Pirandello riacquista in parte la sua tranquillità, ma soffre per questa divisione dalla moglie forse da lui sposata senza amore, ma che tuttavia aveva fatto oggetto di un suo particolarissimo culto, al quale si univa un sentimento di protezione e una sensuale attrazione per la donna che molti descrivono come una bellissima bruna alta e fiorente.

Nel mondo del teatro

L'entrata di Antonietta nel febbraio 1919 in una casa di cura sulla via Nomentana dalla quale non uscirà piú, segna una nuova svolta nella vita di Luigi Pirandello, non senza riflessi sulla sua attività di scrittore. Essa apre infatti il periodo del folgorante successo teatrale di Pirandello, gli anni della sua trionfale affermazione internazionale; ma soprattutto il breve periodo nel quale egli raggiunge il momento piú alto e piú intenso della sua capacità creativa. Tra il 1919 e il 1920 appaiono due nuove raccolte di novelle, *Berecche e la guerra* e *Il carnevale di morti*, egli traduce in dialetto siciliano *Il Ciclope* di Euripide (*'U Ciclopu*) che la compagnia del « Teatro Mediterraneo », diretta dal Martoglio, mette in scena al Teatro Argentina di Roma, e *Glauco* di Ercole Luigi Morselli. Si succedono a ritmo intenso le prime dei suoi lavori teatrali: al Teatro Olimpia di Milano (compagnia di Antonio Gandusio) *L'uomo, la bestia e la virtú*, al Quirino di Roma *Tutto per bene*, al Goldoni di Venezia (compagnia Ferrero-Celli-Paoli) *Come prima meglio di prima*, a Roma, all'Argentina, Emma Gramatica mette in scena *La signora Morli una e due*. Ormai Pirandello è uno degli autori di teatro piú affermati, ma, come spesso accade nel teatro, è proprio un clamoroso insuccesso a segnare non soltanto la sua definitiva affermazione, ma addirittura a dare il via all'interesse internazionale per lo scrittore: quello di *Sei personaggi in cerca d'autore* rappresentato per la prima volta al Teatro Valle di Roma dalla compagnia di Dario Niccodemi con Vera Vergani e Luigi Almirante. Al grido di « Manicomio! », quasi una parola d'ordine antipirandelliana, il pubblico, o meglio la parte del pubblico mondano incapace di comprendere il gioco sottile e talvolta sofisticato della dialettica pirandelliana, la sua novità, attese lo scrittore che usciva dal teatro con la figlia, difeso da pochi amici, per insultare « quel matto di Pirandello », il quale passò imperturbabile tra quella folla di scalmanati per raggiungere un taxi in attesa.

Anche la critica dei giornali romani fu negativa o reticente; ma alcuni mesi piú tardi, il 27 settembre, recitata dalla medesima compagnia al Teatro Manzoni di Milano, *Sei personaggi* ebbe un esito trionfale e il successo fu sottolineato dal pieno consenso della critica milanese, iniziando altresí una sua non meno trionfale « carriera » nei maggiori teatri di tutto il mondo, da Parigi a Berlino, da Londra a New York, da Vienna a Mosca, da Barcellona a Buenos Aires. Lo stesso accade per l'*Enrico IV*, rappresentato per la prima volta a Milano da Ruggero Ruggeri, un successo « memorabile », anche da parte della critica milanese, ed anche questa tragedia inizia a sua volta una carriera internazionale non meno prestigiosa dei *Sei personaggi*. Successo trionfale a Roma, questa volta; il pubblico della capitale riscatta cosí i fischi e le ingiurie di cui lo scrittore era stato bersaglio alla prima di *Sei personaggi*, con *Vestire gli ignudi* messa in scena dalla compagnia di Maria Melato.

È difficile a questo punto seguire tutta la serie degli innumerevoli spettacoli pirandelliani in Italia e all'estero. Pirandello è lo scrittore italiano che per la prima volta varca i confini della notorietà nazionale, una notorietà mai raggiunta nei suoi tempi migliori dallo stesso D'Annunzio: il suo teatro è al centro di discussioni e di dibattiti in Italia e fuori d'Italia, e la stessa polemica sui significati del suo lavoro, sulla sua « filosofia » – il cosiddetto « pirandellismo » – sembra accrescere i consensi alla sua opera, anche a quella narrativa, che sale a tirature non raggiunte mai da alcuno scrittore italiano.

Pirandello stesso ne fu sopraffatto, e in un primo tempo si chiuse ancor piú di prima nel ristretto cerchio di una sua gelosissima *privauté* di borghese siciliano, di docente, di letterato professionale, e tuttavia non senza una sua acutissima intuizione di quanto giovasse a tener viva una sua leggenda personale questo suo ritrarsi nell'ombra, questo rifiuto di una popolarità troppo viva e troppo estesa, se pur non di rado tutt'altro che pacifica a causa di non pochi dissensi, a volte estremamente polemici nei confronti del suo lavoro. Ma poi, a poco a poco si era aperto non negandosi piú, se pur con apparente riluttanza, al suo ruolo di grande scrittore internazionale, accettando anzi di essere presente alle prime dei suoi testi di teatro, curandone in molti casi la regía, ed anche di quelle all'estero, entrando nel mondo del teatro con una partecipazione sempre piú intensa e legandosi non di rado con le sue personalità e con i suoi ambienti: a Parigi è intimo dei Pitoëff (che mettono in scena nel loro teatro i *Sei personaggi*, con esiti contrastanti anche se il contrasto accresce l'interesse per lo scrittore, nonostante la stroncatura di Antonie de Saint-Exupéry, un'eco pubblica, probabilmente, del privato dissenso, nei confronti di Pirandello, di André Gide e del suo *entourage*); di Charles Dullin, interprete di molti suoi testi; dello stesso Crémieux illustre *italianisant*. Il casalingo professor Pirandello, che per molti anni non si era mosso da Roma, e solo per qualche breve soggiorno a Girgenti o in qualche luogo di villeggiatura, o per presiedere commissioni di esami in altre città, ora accetta inviti ad assistere alle rappresentazioni di suoi lavori in città europee e persino oltre oceano; e tuttavia per quanto tenti non riesce a concretare un viaggio nell'America Latina per raggiungere la figlia Lietta, che dopo il matrimonio con un diplomatico cileno risiede ora a Santiago (e la sua lontananza gli pesa moltissimo; le scrive lunghe lettere che sono quasi un diario di questi anni operosi, e un documento umano e letterario di grande interesse).

Il 4 aprile 1925 inaugura a Roma la sua attività, con l'atto unico di Pirandello *Sagra del Signore della nave*, il « Teatro d'arte di Roma » detto anche « Teatro degli undici » – che ha la sua sede nel nuovo Teatro Odescalchi – fondato da un gruppo di giovani scrittori tra i quali Stefano Landi (pseudonimo di Stefano Pirandello figlio di Luigi), Orio Vergani, Massimo Bontempelli. Luigi Pirandello ne assume la direzione. Prima attrice è una giovane pressoché esordiente, Marta Abba, che Pirandello stesso ha assunto, scegliendola d'istinto, che rivela un eccezionale temperamento, e che sarà negli anni successivi interprete, ispiratrice, compagna dello scrittore. Non si tratta per Pirandello solo di un'esperienza « direttoriale », perché con essa lo scrittore si pone come il teorico di una nuova « didattica della recitazione » che unisce al suggerimento per l'attore di « calarsi » nel personaggio (per sentirne e provarne la sofferenza, per immedesimarsi in essa senza residuo), l'intuizione di nuovi modelli drammatici e registici che si ricollegano alle tematiche di un Antoine, di uno Stanislavskij che hanno rinnovato il teatro moderno. Tra i testi in programma *Il pellegrino* di Charles Vildrac, *La storia del soldato* di Charles-Ferdinand Ramuz (con musiche di Stravinskij), *Nostra Dea* di Massimo Bontempelli. La compagnia compie nello stesso anno una lunga *tournée* in Europa: prima a Londra, poi a Parigi, Berlino, Dresda, Colonia, Kassel, Düsseldorf, Bonn.

Sono questi gli anni nei quali Pirandello artista si realizza pienamente uscendo dalla crisalide nella quale, dagli anni di Bonn, forse, è stato invischiato, quella del letterato « tradizionale », di estrazione borghese, sostanzialmente apolitico, anche se operava in lui un profondo dissidio nei confronti del sistema « liberale » e del giolittismo che per piú di un ventennio è stato il protagonista della politica italiana che egli ha contrastato anche in nome di una sua tradizione familiare risorgimentale e di un amaro anarchismo « individualista ». L'acme di questa straordinaria vitalità creatrice di Pirandello è raggiunta tra il 1926 e il 1927, con la tragedia *Diana e la Tuda* e con la commedia *L'amica delle mogli*, che avranno ambedue Marta Abba per protagonista (e sono anche costruite in funzione dei mezzi e del temperamento dell'attrice), con un lento declino negli anni successivi, anche se meno sensibile in un primo tempo e spesso con folgoranti testimonianze della sua genialità, come *Questa sera si recita a soggetto*, la cui prima assoluta ha luogo al Neues Schauspielhaus di Koenigsberg nella traduzione di Harry Kahn, il 25 gennaio 1930, e nello stesso anno *Come tu mi vuoi* rappresentata da Marta Abba il 18 febbraio. Sempre nel corso dello stesso anno Pirandello è chiamato ad Hollywood per seguire le riprese del film tratto dalla sua commedia *Come tu mi vuoi*, girato negli studi della Metro Goldwin Mayer, con la regia di George Fitzmaurice, protagonisti Greta Garbo, Erich von Stroheim e Melwyn Douglas, su adattamento di Gene Markey, un film che, nonostante la sua palese mediocrità, e forse anche a causa della medesima, incontrò i gusti del pubblico internazionale, ma non persuase troppo Pirandello, che ritornò senza troppi entusiasmi dalla Mecca del cinema americano.

Pirandello « fascista »?

L'anno prima (1929) Luigi Pirandello era stato incluso dal capo del governo Mussolini nel primo gruppo di accademici della neonata Accademia d'Italia. Era il massimo riconoscimento ufficiale da parte del regime al quale potesse aspirare uno scrittore italiano, ma Pirandello non si dimostrò troppo lieto di essere stato chiamato a far parte di una « parata di scheletri », come lui stesso ebbe a definire l'istituzione fascista (che venne soppressa, come è noto, dopo la Liberazione), e fu sempre molto riluttante a indossare l'uniforme con gli alamari e con la feluca. Si dice tra l'altro che Pirandello sia stato un accademico assai poco ligio e conformista. Approfittò anzi di quella posizione per pronunciare qualche discorso che lasciava trasparire tra le righe un suo dissenso dalla linea culturale del regime stesso, come aveva fatto nella solenne commemorazione, a lui affidata, di Giovanni Verga, acutamente critica verso D'Annunzio e il dannunzianesimo, da lui individuato come una sorta di vizio nazionale.

Non è improbabile che Pirandello – pur conscio dei propri titoli letterari – temesse altresí che questa nomina potesse essere interpretata come una sorta di guiderdone da parte del regime stesso per essersi schierato, nel 1924, dopo il delitto Matteotti, e nel vivo delle polemiche che ne erano derivate, a favore del regime, chiedendo la tessera del partito fascista, con un gesto che fu aspramente stigmatizzato dalle opposizioni, e in modo particolare da Giovanni Amendola, leader della coalizione aventiniana. Amendola, nel calore della polemica suscitata dall'improvviso allinearsi di uno scrittore sino a quel giorno considerato come « apolitico », dalla parte di una fazione che si era impadronita con la forza del potere, e lo deteneva con metodi liberticidi, dai quali non era escluso anche l'assassinio politico, che proclamava la violenza come espressione del suo stesso sistema, era andato forse piú in là di una corretta polemica politica e probabilmente delle sue stesse intenzioni (ma non si possono comunque dimenticare le impari condizioni nelle quali si battevano le opposizioni al fascismo).

In una nota assai aspra apparsa nel suo giornale *Il mondo*, nella quale parlava di Pirandello come di « un uomo volgare », l'Amendola aveva scritto di averlo sempre considerato « infinitamente inferiore alla sua fama ». È probabile che l'uomo politico liberale, uno dei rarissimi intellettuali autentici della classe politica italiana d'allora, non sarebbe giunto ad un attacco cosí violento, se Pirandello, nello stato di eccitazione suscitato in lui dalla polemica nata dal suo gesto, non avesse rilasciato a uno dei giornali piú tracotanti dell'estremismo fascista, *L'Impero*, un'intervista nella quale si era scagliato contro l'opposizione chiedendo nuove misure per stroncarla. Pirandello cercò piú tardi di ridurre e di attenuare l'asprezza delle sue dichiarazioni con una lettera all'estensore dell'intervista, il giornalista Telesio Interlandi (che piú tardi sarà lo scatenato assertore di un fascismo razzista e l'ispiratore delle misure antisemitiche poste in atto dal regime); ma anche per l'intervento di altri scrittori amici in difesa di Pirandello stesso, la polemica sconfinò nel giudizio sull'opera di lui, coinvolgendo il critico e filosofo Adriano Tilgher, titolare tra l'altro della critica drammatica sul *Mondo*, che era stato uno dei piú validi e piú autorevoli assertori dell'arte di Pirandello e aveva scritto su di lui un saggio nel quale aveva identificato nel teatro pirandelliano la presenza di una « antitesi di Vita e Forma » che in certo senso coincideva con l'impostazione del suo pensiero derivata in gran parte dalle teorie del filosofo tedesco Georg Simmel.

Ma Pirandello può essere davvero considerato uno scrittore fascista? Non c'è dubbio che in quel particolare momento (e forse pure anteriormente) egli identificasse nel fascismo un suo personale stato d'animo non politico, anzi di avversione verso la politica, stato d'animo che assai impropriamente lo stesso Pirandello aveva assimilato a una forma di anarchismo individualista. Alla base di questo stato d'animo era la delusione risorgimentale e con essa il dispregio nei confronti della classe politica « liberale » dimostratasi impari alle grandi idee, ai propositi di rinnovamento, ai progetti e alle illusioni che avevano guidato il moto risorgimentale. Posizione piccolo-borghese, ma forse non propriamente conservatrice o reazionaria, tanto piú che in un contesto meridionale Pirandello stigmatizzava l'immobilismo sociale del nuovo regno unitario che in certo modo si era rivelato l'erede e il continuatore, nel Sud, delle strutture borboniche del potere locale. In un romanzo come *I vecchi e i giovani*, e cosí in molte novelle di ambiente siciliano, Pirandello non nasconde la sua protesta per la condizione di miseria e di estremo sfruttamento degli operai delle zolfare e dei contadini suoi corregionali, la sua simpatia, o almeno la sua comprensione, per le lotte pre-socialiste dei Fasci dei lavoratori siciliani, duramente represse dal potere regio alleato con le vecchie e nuove baronie dell'Isola.

Manca, è vero, a questa simpatia un'immedesimazione senza residui dello scrittore, una sua partecipazione ideologica, saremmo per dire il coraggio di rifiutare un certo patrimonio anche morale che è l'eredità della classe da cui proveniva, la nuova borghesia industriale alla quale appartenevano i Pirandello, la borghesia illuminata, ma conservatrice, dei Ricci Gramitto. Questo gli impedisce di condannare in modo inequivocabile la durissima repressione condotta dai prefetti, dai generali, dai questori del nuovo regno, e persino di trovarsi, se pure indirettamente, dalla parte opposta attraverso il personaggio – ne *I vecchi e i giovani* – di Mauro Mortara, il vecchio garibaldino ucciso per errore nelle ultime pagine del romanzo, dai soldati del re d'Italia, mentre tenta, armato del suo vecchio fucile, della sua vecchia pistola, con tutte le sue decorazioni sul petto, di unirsi ad essi contro gli operai e i contadini in rivolta, grottesca e patetica immagine, espressione di quel sottofondo « nazionale », non ancora nazionalista che identifica patriottismo e conservazione.

Forse questo equivoco nazionale e nazionalista è una delle componenti del « fascismo » di Pirandello, ma non ci sono tracce di ideologia fascista nelle opere di Pirandello, e se c'era stata nella sua formazione una certa ipoteca antidemocratica, ben altri e piú profondi sedimenti della medesima si riscontrano in altri scrittori e intellettuali della prima generazione post-risorgimentale alla quale il Pirandello apparteneva.

La storiografia piú recente ha fatto giustizia dell'interpretazione crociana del fascismo come malattia morale, corruttrice improvvisa del corpo sano dell'Italia liberale nata dal Risorgimento. Al contrario, esso non fu un fenomeno spontaneo, un elemento estraneo, una sorta di tumore proliferante nel corpo sano della nazione, ma piuttosto l'ultimo (e purtroppo non unico, né definitivo) stadio di un morbo endemico, le cui radici sono lontane e profonde e di cui furono portatrici varie e diverse componenti morali e storiche della nazione stessa e in modo particolare di quell'*establishment* che è al suo vertice, al quale Pirandello nel 1924 non può non essere ascritto se pure come personaggio atipico (e atipico se non altro per il suo costante rifiuto del volgare dannunzianesimo di base che è all'origine degli atteggiamenti retorici del fascismo);

quell'*establishment* che da evi immemorabili si tramanda in Italia quasi per cooptazione, da una generazione all'altra, le leve del potere politico, economico, accademico. Radici, aggiungeremmo, che affondano nell'*humus* dogmatico della tradizione italiana almeno dalla Controriforma.

In questo senso, come tipica – e in alcuni casi atipica – espressione di componenti psicologico-sociali ottocentesche e borghesi, è innegabile che Pirandello possa essersi considerato « fascista », e come tale si sia sentito spinto ad una pubblica professione di fede (peraltro non mancante di coraggio, come afferma anche Sciascia,[4] se si pensa alla sempre piú diffusa impopolarità procurata al fascismo dall'assassinio di Matteotti). Un discorso diverso è invece quello che investe il Pirandello artista, lo scrittore indubbiamente piú inquietante, piú « corrosivo », piú dissacratore dei valori tradizionali e borghesi che abbia avuto l'Italia moderna, nel senso di una dirompente analisi della società borghese, nella sua rivoluzionaria concezione dell'uomo, nel suo rifiuto per ogni consolazione, ed è un discorso che riprenderemo in questo nostro studio, nella parte dedicata all'opera di Pirandello. È troppo facile la confusione tra la solitudine esistenziale dell'uomo pirandelliano (e dell'uomo Pirandello) e un atteggiamento qualunquisticamente negativo sul piano sociale; non si può identificare il rifiuto di Pirandello dei miti collettivi ed anche della lotta di classe, come illusione che attraverso il suo tramite potesse essere distrutta ogni infelicità individuale, con una posizione reazionaria. Certo la « rivoluzione permanente » dell'uomo pirandelliano non si traduce mai in rivoluzione effettiva, ma è pur sempre ribellione nei confronti della società borghese e delle sue strutture. In certo senso Pirandello prefigura nella sua polemica quella de l'*Homme revolté* di Albert Camus, negazione di ogni forma di *Weltanschauung*, che sarebbe assurdo accusare di fascismo.

Del resto, anche se egli aveva fatto esplicita adesione al regime, e per di piú con una polemica presa di posizione, e se anche si era posto come « precursore » del fascismo stesso in una dichiarazione rilasciata nel 1932 al suo traduttore francese, l'*italianisant* Benjamin Crémieux, apparve

[4] Cfr. *Pirandello e la Sicilia*, Caltanissetta, Sciascia, 1961.

negli anni successivi sempre piú distaccato dalle esigenze del regime, e forse intimamente pentito della sua adesione, né il regime, nonostante le promesse dello stesso Mussolini, fu eccessivamente condiscendente verso le sue iniziative teatrali. Nonostante la novità della sua ricerca drammaturgica e registica e il successo dei suoi spettacoli in Italia e all'estero, il Teatro di Roma fu presto in crisi: e Pirandello dové intervenire personalmente per colmarne il *deficit* con somme per quei tempi piuttosto ingenti.

Si manifestò anche una certa insofferenza verso l'opera di Pirandello da parte della classe dirigente del regime, né mancò qualche esplicito attacco della stampa piú oltranzista e persino un perentorio richiamo allo scrittore da parte del segretario del partito per dichiarazioni rilasciate in Brasile nel 1933 a un gruppo di italiani avversi al fascismo, al che Pirandello reagí, minacciando di restituire la tessera del partito. È probabile che a causa di questo suo distacco, che forse si traduceva in insofferenza verso le manifestazioni esteriori e verso la retorica del regime, Pirandello in quegli anni si sia tenuto quanto piú gli fu possibile lontano dall'Italia, con frequenti viaggi in Germania, in Francia, in Inghilterra, negli Stati Uniti, nel Sud America, dovunque la compagnia del Teatro d'arte di Roma presentasse sue opere ed anche opere di altri autori di cui aveva curato la regia, e piú tardi al seguito della Compagnia di Marta Abba, ma anche in occasione di sue prime, date da complessi stranieri. È per merito di Pirandello se il teatro italiano comincia ad uscire proprio in quegli anni dall'isolamento, affrancandosi da un certo suo provincialismo ottocentesco, dal tradizionale repertorio romantico-naturalista, dal gusto della commedia borghese, immettendosi nel flusso di un piú vasto e intenso ricambio culturale, accogliendo nuove esperienze drammaturgiche e registiche, la lezione degli Appia, degli Stanislavskij, dei Pitoëff, dei Reinhardt.

Tornando al discorso iniziato sull'ipotetico fascismo di Pirandello, forse non è fuori luogo ricordare come la sua adesione al regime segni l'inizio di una fase declinante della sua ispirazione. È l'inizio di una stanchezza, di una interna delusione. Certo Pirandello, scrittore di crisi, e interprete di una crisi dell'uomo contemporaneo, dové sentirsi a disagio in quell'Italia dove quella crisi veniva cancellata d'imperio dall'unanimismo coatto imposto dal regime, dalla sua linea autoritaria, e se anche il suo individualismo pessimista, talvolta esasperato, lo porta ad una sorta di sfiducia per i movimenti di massa, non si può dimenticare che il fascismo stesso si pone sin dalla sua origine come movimento di massa, come organizzatore della massa piccolo-borghese e suo interprete, e sia pure di una massa passiva, dominata dal pugno di un uomo solo. Il « fascismo » di Pirandello è il riflesso di un automatismo psicologico la cui origine è nel trauma di un impatto con la realtà, saremmo per dire con la storia, della sua ottocentesca formazione accademica, e persino di un certo suo frustrato perbenismo « nazionale » risorgimentale. Certo i due mondi, le due personalità a volte interferiscono tra loro sino a forme esplicite di conflitto, e non è questa l'ultima delle circostanze che fanno di Pirandello un personaggio problematicamente pirandelliano.

Le sue contraddizioni si fecero sempre piú evidenti negli ultimi anni di una difficile vita, quando anche Marta Abba, che fu molto legata a lui negli anni piú intensi della sua carriera di attrice dal 1925 al 1932, e fu certo una ispiratrice e nello stesso tempo sua discepola e interprete, e forse persino anche causa di un dissidio con i figli (il testamento che la fece erede di una cospicua parte dei suoi diritti d'autore, tolta ai figli stessi, ne è un indizio), si allontanò da lui e dal teatro. Il pubblico borghese del Teatro dell'Opera di Roma aveva fischiato il 24 marzo 1934 la sua *Favola del figlio cambiato* messa in musica da Gianfrancesco Malipiero, e l'anno prima, all'avvento al potere in Germania di Hitler, era stata vietata la rappresentazione delle sue opere nei teatri tedeschi: arte degenerata. Lo stesso anno aveva ricevuto il Premio Nobel per la letteratura, quasi indifferente il nostro paese e il regime che ne deteneva il potere. Due anni dopo, la morte, il 10 dicembre 1936. Aveva disposto che il suo corpo fosse cremato e che l'urna cineraria, portata in Sicilia, fosse, come si leggeva nelle sue ultime volontà:

> « murata in qualche rozza pietra nella campagna di Girgenti, dove nacqui ».

Una volontà alla quale non si poté dare esecuzione che dieci anni dopo tra non poche difficoltà.

II

LE OPERE

I SAGGI

Per individuare la posizione di Pirandello nel quadro delle poetiche contemporanee, ma soprattutto per cercare una chiave del suo complesso e talora apparentemente contraddittorio itinerario di scrittore, dalla poesia alla narrativa, dalla narrativa al teatro, un testo senza dubbio importantissimo è il lungo saggio *L'umorismo*, apparso in volume nel 1908 presso l'editore Carabba di Lanciano, di cui alcuni capitoli avevano visto la luce precedentemente sulla *Rivista di sociologia ed arte* di Palermo e sulla romana *Nuova antologia.* L'importanza del saggio risiede, anzitutto, e non soltanto a nostro avviso, nella presa di coscienza dello scrittore di aver tagliato tutti i ponti, con *Il fu Mattia Pascal* (e la prima edizione del saggio è dedicata infatti « Alla buon'anima di Mattia Pascal bibliotecario »), col manierismo tradizionalista tardoromantico – nelle forme di un classicismo di impronta carducciana delle prime poesie – ma soprattutto con ogni residuo di naturalismo. Come annota Giacomo Debenedetti,[1] egli si rende conto, con soddisfazione e con inquietudine al tempo stesso, « di aver rotto una tradizione », e si fabbrica « l'armamentario logico e culturale, a suo modo di vedere, piú ineccepibile per mandare in aria la tradizione ». Presa di coscienza, dunque, di una frattura, ma anche di un'esigenza di chiarire le ragioni di una tale frattura. Forse appunto per questa necessità di chiarimento l'autore si sofferma a lungo in una ricerca sulle possibili definizioni di umorismo, attraverso un procedimento di

[1] Cfr. *Il romanzo del Novecento*, Milano, Garzanti, 1971, pag. 392-393.

eliminazioni di errori e di luoghi comuni, che, come ricorda lo stesso Debenedetti, rispecchia in qualche modo il metodo di Benedetto Croce, col quale peraltro Pirandello è in permanente polemica.

Eliminando a una a una le varie definizioni antiche e moderne dell'umorismo, Pirandello ne rivendica anzitutto l'autonomia da altre forme di espressione, in certo senso parallele: l'umorismo è anzitutto incompatibile con la retorica; è assolutamente diverso dal comico e dall'ironia che gli dettano definizioni forse capziose, ma di una lucidità assoluta. Altro scoglio è per Pirandello la tradizione letteraria: l'umorismo si ribella in ogni caso alla tradizione, è anzi del tutto incompatibile col concetto stesso di tradizione. Egli perviene alla definizione dell'umorismo quasi per eliminazione, attraverso un lungo *excursus* storico: contesta il D'Ancona sulla presunta « malinconia » di Cecco Angiolieri, alla quale non riconosce « quella delicata passion d'animo che intendiamo noi »; rivendica all'umorismo un'esigenza di « intimità di stile », la quale, aggiunge, « fu sempre da noi ostacolata dalla preoccupazione della forma ». L'umorismo, al contrario,

> « ha bisogno del piú vivace, libero, spontaneo movimento che si può avere sol quando la forma, a volta a volta, si crea »;

e l'arco della sua ricerca, talora sulle orme di una problematica desanctisiana, si estende a poeti e narratori come il Pulci, il Boiardo, l'Ariosto, il Cervantes, il Manzoni, non senza digressioni sui caratteri dell'ironia e del comico in Folengo, nel Belli, nel Berni, in Machiavelli, in Giordano Bruno.

Che cosa è dunque l'umorismo per Pirandello? Egli parte da un concetto suo particolare già esposto nel saggio su Alberto Cantoni, *Un critico fantastico*, raccolto nel suo libro *Arte e scienza*:

> « l'opera d'arte è creata dal libero movimento della vita interiore che organa le idee e le immagini in una forma armoniosa, di cui tutti gli elementi han corrispondenza tra loro e con l'idea madre che le coordina ».

Non resta inattiva la riflessione durante la concezione e l'esecuzione dell'opera d'arte, assiste anzi al suo nascere e crescere, ne segue le fasi progressive, ne racconta i vari elementi, li coordina, li compara; in altre parole ne prende coscienza, anche se la coscienza non è in se stessa, per Pirandello, « potenza creatrice ». Se pure la riflessione resta invisibile e si nasconde al momento della concezione, essa, a mano a mano che l'opera si fa, la critica, non freddamente, come farebbe un giudice appassionato, analizzandola; ma « d'un tratto », mercé l'impressione che ne riceve. Lo scrittore umorista non si sottrae a questo procedimento, ma

> « nella concezione di ogni opera umoristica, la riflessione non si nasconde, non resta invisibile, non resta cioè quasi una forma del sentimento, quasi uno specchio in cui il sentimento si rimira; ma gli si pone innanzi, da giudice; lo analizza, spassionandosene; ne scompone l'immagine; da questa analisi, però, da questa scomposizione un altro sentimento sorge e spira: quello che potrebbe chiamarsi e che io difatti chiamo il *sentimento del contrario* ».

Di questa sua definizione, una verifica che mira soprattutto a convalidare sul piano conoscitivo e teoretico l'operazione di frattura compiuta tra la nuova narrativa di cui egli è in certo senso l'iniziatore, e di cui *Il fu Mattia Pascal* è un testo esemplare, e le poetiche tradizionali, essenzialmente quella del naturalismo, Pirandello ci offre subito un esempio, ricavandolo sostanzialmente da una sua narrazione, e precisamente dal suo primo romanzo, *L'esclusa.* È la figura della vecchia signora Popònica, o meglio Epponina, che compare a casa Pentàgora, nel primo capitolo del romanzo stesso,

> « coi capelli ritinti, tutti unti non si sa da quale orribile manteca, e poi tutta goffamente imbellettata e parata d'abiti giovanili »,

che muove al riso il lettore, il quale avverte in essa *il contrario* di quello che avrebbe dovuto essere l'aspetto di una vecchia rispettabile signora, ricevendone un'impressione comica. Precisa Pirandello:

> « Il comico è appunto un *avvertimento del contrario* ».

e prosegue:

> « Ma se ora interviene in me la riflessione, e mi suggerisce che quella vecchia signora non prova forse nessun piacere a pararsi cosí come un pappagallo, ma che forse ne soffre e lo fa soltanto perché pietosamente s'inganna che, parata cosí, nascondendo cosí le rughe e la canizie, riesca a trattenere a sé l'amore del marito molto piú giovane di lei, ecco che io non posso piú riderne come prima, perché appunto la riflessione, lavorando in me, mi ha fatto andare oltre a quel primo *avvertimento*, o piuttosto, piú addentro: da quel primo *avvertimento del contrario* mi ha fatto passare a questo *sentimento del contrario*. Ed è qui tutta la differenza tra il comico e l'umoristico ».

Si delinea già qui, in una esemplificazione tratta dall'*imagerie* pirandelliana, il nucleo centrale della sua stessa drammaturgia popolata di creature distorte, dissociate tra il loro mondo interiore e quello esteriore, eternamente alla ricerca di una « consistenza » che sfugge sempre loro, una drammaturgia già presente nelle opere narrative, romanzi o novelle, di cui questa sua apparizione dolente e grottesca, sostanzialmente espressionistica, come tante altre di Pirandello, è senza dubbio esemplare. I due tempi dell'umorismo, quello dell'invenzione e quello della riflessione, si legano nella rappresentazione di una realtà scorporata e spesso contraddittoria, di un reale che si scompone sotto i nostri occhi, dentro di noi prima che fuori:

> « ogni sentimento, ogni pensiero, ogni moto che sorge nell'umorista si sdoppia subito nel suo contrario: ogni sí in un no, che viene alla fine ad assumere lo stesso valore del sí ».

È chiaro che proprio attraverso la definizione dell'umorismo, precisamente nella formula del « sentimento del contrario », anche come ripudio di una poetica del descrittivo, essenzialmente naturalistica, Pirandello pone le basi di quella che sarà la molla ideologica della sua poetica. Si profila già sul piano teoretico, in altre parole, e forse ancora all'insaputa dello stesso Pirandello, quella dialettica di un perenne dissidio tra Vita e Forma, che costituirà l'essenza stessa del cosiddetto « pirandellismo ».

« Questo sentimento del contrario – avverte Arcangelo Leone De Castris nel suo saggio *Storia di Pirandello* (Bari, 1971, II ediz.) – assume nella poetica pirandelliana la stessa virtú storica e la stessa ambizione estetica che aveva per i romantici la formula di "poesia sentimentale": un'arte nuova, distinta dall'arte ingenua e descrittiva, l'unica capace di fornire una consapevole espressione della realtà contemporanea, della storia concreta dell'uomo. »

È inutile aggiungere che Pirandello si rende conto perfettamente di avere frantumato in certo senso ogni certezza monolitica del personaggio: al crollo delle forme, cioè del rapporto del personaggio stesso con la società e col suo stesso mondo, corrisponde, al suo interno, la disintegrazione di quell'entità fittizia che gli ha imposto la convivenza umana, l'inestricabile groviglio che nasce dal frantumarsi e corrompersi della realtà, del suo disperdersi nelle apparenze. Nasce cosí quel personaggio pirandelliano che « si vede vivere », spogliandosi « di tutte le finzioni abituali ».

È il momento nel quale

> « la compagine dell'esistenza quotidiana... ci appare priva di senso, priva di scopo; e quella realtà diversa ci appare orrida nella sua crudezza impassibile e misteriosa, perché tutte le nostre fittizie relazioni consuete di sentimenti e d'immagini si sono scisse e disgregate in essa ».

È un vuoto interno che si allarga, supera i limiti dell'esistenza individuale,

> « come se il nostro silenzio interiore si sprofondasse negli abissi del mistero. Con uno sforzo supremo

cerchiamo allora di riacquistar la coscienza normale delle cose... di riconnetter le idee ».

Impossibile tuttavia prestar fede « a queste idee riconnesse, a questo sentimento della vita », nella coscienza « che sono ormai un nostro inganno per vivere ». Non c'è dubbio che in questo vuoto interno che supera i limiti dell'esistenza sia il senso della solitudine del personaggio pirandelliano, la consapevolezza sempre raggiunta in un momento di attrito con la realtà, del conflitto del personaggio stesso con la realtà che lo incalza, di una perenne condizione alienata che è nell'« inganno per vivere ». Vorremmo aggiungere che su questo tema sempre presente dell'alienazione e sul tentativo da parte dello scrittore di un recupero esistenziale si svolge per tutto il grande arco della narrativa e del teatro di Pirandello, il senso della metafora pirandelliana che ha per oggetto la condizione di solitudine dell'uomo, il dramma di una coscienza di vivere, ma di non poter riconoscersi nelle istituzioni morali stabilite dalla società, di non poter tener fede alle sue convinzioni, di « essere qualcuno », cioè di imprigionarsi, apparenza illusoria tra apparenze illusorie, in una rete di rapporti.

Pubblicato nel 1908, ma con una elaborazione anteriore probabilmente assai lunga (la sua origine è un corso tenuto alle allieve del Magistero femminile di Roma), il saggio sull'umorismo è senza dubbio un ripensamento critico di tutta la sua formazione, quasi un raccogliere le forze per il grande balzo in avanti nella narrativa e nel teatro degli anni successivi. Non importa a questo proposito che egli utilizzi materiali culturali e riflessi di letture degli anni precedenti, del suo lungo tirocinio letterario, quei materiali che appunto emarginano Pirandello dal dibattito culturale del primo Novecento, dal clima delle prime avanguardie, dal mondo di una cultura europea. Tale emarginazione rimarrà anche nel suo secondo tempo, anche se lo scrittore avrà fatto suoi o creduto di far suoi, idee e correnti culturali vive nell'epoca, ma non bisogna dimenticare che tra i motivi di questa emarginazione è anche l'incomprensione e spesso l'avversione, la pervicace anche se coerente negatività nei confronti della sua opera da parte di Croce, i giudizi sbrigativi e a volte altezzosi di

Renato Serra, il silenzio, non senza ostilità, della *Voce* papiniana e prezzoliniana.

In questo senso, nel senso di una sorta di ripensamento critico, di una presa di coscienza di problemi, di un suo confronto personale, di una sua ricerca delle origini piú profonde della sua ispirazione di scrittore, *L'umorismo* potrebbe essere definito un saggio in certo senso autobiografico, nel senso, almeno, dell'individuazione da parte di Pirandello in fondo a se stesso di una idea della poesia legata da una visione della vita personalmente e intimamente sofferta. Va annotato a questo proposito che la pubblicazione del saggio è successiva a quella delle prime raccolte di novelle e a quella dei primi romanzi, *L'esclusa*, *Il turno*, e soprattutto de *Il fu Mattia Pascal*, nei quali lo scrittore si scioglie progressivamente (anche se nei due primi il lettore non può mancare di avvertire la presenza di moduli narrativi ottocenteschi), dalle ipoteche dell'ultimo naturalismo.

Quanto poi all'elemento autobiografico che è insito in questo saggio, in una sua particolarissima prospettiva, esso non corrisponde soltanto, come abbiamo avuto già occasione di porre in rilievo, a un carattere dominante di tutta l'opera di Pirandello, come ripensamento, sin dalle origini, di una propria esperienza; ma si può dire sia un carattere dominante di tutta la saggistica di Pirandello anche in quella che può essere una sua posizione polemica nel campo dei problemi estetici. In modo particolare la polemica con Benedetto Croce affiora spesso, e non di rado non senza asprezza anche ne *L'umorismo*, ma è al centro di un altro saggio di Pirandello, *Arte e scienza*, confutazione da parte dello stesso Pirandello della identificazione crociana della poesia come pura intuizione, opponendo ad essa l'idea di un piú ampio e « organico » processo di motivazioni intellettuali. Una visione, quindi, in certo senso strutturale del fenomeno estetico, dal quale non può essere escluso il riflesso di una assai piú complessa e drammatica gamma di attività emozionali e conoscitive, le une legate alle altre e tutte poste reciprocamente in perenne conflitto dalla riflessione pressoché in funzione demiurgica, peraltro senza alcuna priorità dell'una forma sull'altra; perché il fatto estetico avvenga, bisogna

« che l'intuizione non sia l'espressione formata astrattamente, meccanicamente, oggettivamente, ma la forma concreta, libera e soggettiva d'una impressione ».

Andrebbe quindi respinta l'astrazione crociana della poesia come intuizione pura, che nasconderebbe, ad avviso di Pirandello, l'incapacità da parte del filosofo napoletano di concepire il fenomeno artistico nella complessità dei suoi temi e dei suoi rapporti concettuali.

« Soggettivismo e oggettivismo »

Nel volume *Arte e scienza,* raccolto in *Saggi, poesie e scritti vari* a cura di Manlio Lo Vecchio-Musti, è compreso altresí il saggio *Soggettivismo e oggettivismo nell'arte narrativa* nel quale Pirandello si pone il problema del romanzo e delle forme narrative di piú breve respiro come il racconto e la novella, nel quadro della cultura letteraria a lui stesso coeva (la stesura del saggio risale probabilmente agli anni tra il 1906 e il 1910), non tanto sul piano di una *querelle des genres,* ma piuttosto su quello teorico della forma e dello stile, risalendo storicamente alle origini del dibattito e concentrando particolarmente il suo discorso sulla differenza tra rappresentazione obbiettiva e rappresentazione subbiettiva nel romanzo, nel racconto, nella novella. Anche in questo saggio si rivela implicito nella sua filigrana che il problema piú assillante per Pirandello in questo particolare momento, è quello di quanto ancora poteva sopravvivere di valido nella poetica del naturalismo, e di quanto ormai fosse superato.

Il saggio *Illustratori, attori e traduttori* è del 1908; anch'esso raccolto in *Arte e scienza* si muove come gli altri nell'area di un dibattito sul pensiero estetico e sul tema della rappresentazione e rielaborazione artistica della realtà, ma va ricordato che per la prima volta lo scrittore vi affronta il tema del teatro e dell'interpretazione teatrale se pure nel quadro del problema estetico generale e nel riverbero di una sua particolare posizione rispetto alle poetiche del naturalismo; l'attenzione di Pirandello è rivolta infatti sostanzialmente in questo saggio ai « mezzi comunicativi della rappresentazione », al fatto fisico in rapporto alla creazione artistica, in altre parole al mezzo tecnico: note musicali, disegno, colore, linguaggio, azione gestuale, voce, illustrazione nella « resa » di un'opera d'arte già creata, della sua « traduzione » in un'altra, che è appunto la creazione dell'illustratore, del traduttore di un'opera da un'altra lingua, dell'interprete sulla scena, che egli vede come un vero e proprio trapianto o travestimento.

Qualche anno piú tardi, in una conferenza del 1922 dal titolo *Teatro nuovo e teatro vecchio*, ormai autore di teatro affermato e di opere non certo ricalcate sugli schemi della retorica tradizionale, Pirandello riprende gli stessi concetti allargandoli in certo modo in una analisi dell'atteggiamento dei contemporanei di fronte all'opera che si concreta non di rado in un giudizio restrittivo sulla base di valori formali, in sostanza in un giudizio sulla maggiore o minore qualità letteraria di un'opera di teatro. Ad un tale giudizio si può opporre la « nozione di novità »

> « intendendo per novità una rispondenza del suo contenuto al particolare spirito di revisione e di ricostruzione dei valori intellettuali che anima i nostri tempi in ogni campo ».

Sarebbero dunque « teatro nuovo » le commedie e i drammi intonati a un tale spirito nuovo? Ma come può la critica discriminare con un minimo di sicurezza questo spirito « nuovo »? Problema insolubile, per Pirandello, in quanto solo il poeta con la sua intuizione (e l'intuizione, come si è visto, non è per Pirandello un atto spontaneo e pressoché eslege, ma si « organa » in una serie di atti conoscitivi sui quali presiede la riflessione come sintesi critica) può dare un senso e un valore non particolari, ma universali, « in cui ciascuno, e sempre, possa ritrovarsi ».

In questi scritti teatrali tra il 1908 e il 1922, egli considera ancora il teatro in quella che è la sua matrice letteraria, ne fa un problema di testi, anche se tocca a volte il tema dell'interpretazione ma sempre in rapporto con quella matrice. Egli vede il teatro come letteratura non come organo autonomo, come forma autonoma d'espressione. È un tema che egli tuttavia si pone implicitamente nella stessa filigrana di questi scritti, anche se per Pirandello il teatro è sempre teatro-testo, ma nel teatro c'è sempre qualcosa che va al di là del testo, che è la rappresentazione. L'arte per Pirandello (e in questo appare chiarissimo il suo distacco dalla poetica del Naturalismo) non è imitazione o riproduzione della vita, non essendoci una vita

> « che stia come una realtà in sé, da riprodurre con caratteri suoi proprii: la vita è un flusso continuo e indistinto che non ha altra forma all'infuori di quella che a volta a volta le diamo noi »,

infinitamente varia e continuamente mutevole. Per Pirandello ciascuno in realtà « crea a sé stesso la propria vita »; ma questa creazione non è libera, sottoposta com'è a mille limitazioni che nascono dal rapporto sociale che aliena l'uomo nella sua spontanea creatività. Soltanto l'arte, quando è vera arte, crea liberamente:

> « crea, cioè, una realtà che ha solamente in sé stessa la sua necessità, le sue leggi, il suo fine ».

Nel teatro esiste « una soggezione inovviabile », che è quella dell'opera d'arte che ha già avuto la sua espressione definitiva, unica, nelle pagine dello scrittore. Essendo già espressione, forma, deve divenire materia:

> « una materia a cui gli attori, secondo i loro mezzi e le loro capacità, debbono a loro volta dare forma ».

Per Pirandello non è possibile al teatro altro che una « traduzione scenica » del testo:

> « tanti attori e tante traduzioni, piú o meno fedeli, piú o meno felici; ma, come ogni traduzione, sempre e per forza inferiori all'originale »,

anche perché, compiendo un'operazione inversa a quella del poeta, rende piú reale e tuttavia men vero il personaggio creato dal poeta.

Solo piú tardi, nel 1934, due anni prima della morte,

nel discorso d'apertura del Convegno Volta sul teatro drammatico indetto dall'Accademia d'Italia, convegno che fu presieduto dallo scrittore stesso, Pirandello afferma l'autonomia della creazione teatrale in sé: « Il teatro non può morire », egli dice. E aggiunge:

« Forma della vita stessa, tutti ne siamo attori; e aboliti o abbandonati i teatri, il teatro seguiterebbe nella vita, insopprimibile; e sarebbe sempre spettacolo la natura stessa delle cose ».

Tuttavia, un'idea pirandelliana del teatro che sia anche un'idea della sua stessa drammaturgia, va cercata nella prefazione del 1925 al suo dramma *Sei personaggi in cerca d'autore* scritto nel 1920. L'oggetto del suo discorso supera l'occasione immediata, anche se i *Sei personaggi* ne sono costantemente al centro, ma sempre tuttavia come fulcro di una sua concezione dell'arte e della vita, di un suo rifiuto di una idea dell'arte come « rappresentazione » in sé, come storia o come *mimesis* naturalistica. Egli rivendica anzitutto la sua qualità di scrittore « di natura piú propriamente filosofica », che respinge « l'arte simbolica, in cui la rappresentazione perde ogni movimento spontaneo per diventar macchina, allegoria ». In altri termini, Pirandello respinge un'arte allegorica o puramente rappresentativa di eventi situabili in un momento qualsiasi della storia o di una storia. Tuttavia assai piú che la genesi e l'ispirazione di una singola opera, sia pure nel riferimento costante a *Sei personaggi*, Pirandello, in questa prefazione-saggio per una commedia che è essenzialmente una commedia-saggio, racconta la genesi e l'ispirazione dell'opera teatrale e letteraria in assoluto, il mistero della creazione, e dell'opera teatrale in modo particolarissimo, cioè di quel mezzo di espressione che ha per oggetto la vita:

« Quale autore potrà mai dire come e perché un personaggio sia nato nella fantasia? Il mistero della creazione artistica è il mistero stesso della nascita naturale... un artista vivendo accoglie in sé tanti germi della vita, e non può mai dire come e perché, a un certo momento, uno di questi germi vitali gli si inserisca nella fantasia per diventare anch'esso una creatura viva in un piano di vita superiore alla volubile esistenza quotidiana ».

Il problema del teatro ha una sua prospettiva nel piú esteso degli scritti danteschi di Pirandello *La commedia dei diavoli e la tragedia di Dante*, che è il testo, riveduto e ridotto in forma di saggio, letto in Orsanmichele nel febbraio 1916, poi pubblicato nella *Rivista d'Italia* nel settembre 1918, ed ora raccolto con gli altri *Scritti danteschi* nel volume mondadoriano *Saggi, poesie e scritti varii* a cura di Manlio Lo Vecchio-Musti (Milano, 1960). La teatralità della concezione dantesca è posta in rilievo da Pirandello come esempio di quella « momentaneità attiva » da lui teorizzata in apertura al commento dove egli pone in luce come a causa dello svolgersi nelle fosse di Malebolge di una distribuzione delle colpe e delle relative punizioni,

> « insieme con le immagini delle scene e le similitudini da evocare dovettero sorgere, per ciascuna colpa, anche le immagini dei colpevoli, e già materiata, ciascuna immagine, subito, fin dal primo sorgere, dai vari sentimenti e moti dell'animo, dai vari ricordi ch'esse gli suscitavano... ».

Su un altro versante, quello della regionalità, o meglio della « sicilianità », di cui Pirandello ha una coscienza intensissima, si situano i due discorsi su Giovanni Verga, quello per la solenne celebrazione a Catania, il 2 settembre 1920, vivente lo scrittore catanese, del suo ottantesimo compleanno, e quello, sostanzialmente ricalcato sul primo, per la celebrazione, il 3 dicembre 1931, del cinquantesimo anniversario della pubblicazione de *I Malavoglia*, all'Accademia d'Italia. Il tema della dialettalità dell'opera di Verga è posto da Pirandello nel quadro di una sua polemica antiletteraria come

> « una vera creazione di forma, da non considerare perciò nel modo usato, come "questione di lingua" notandone lo stampo sintattico spesso prettamente siciliano ».

Il discorso pirandelliano sulla dialettalità di Verga è sostanzialmente parallelo a quello dell'intuizione gramsciana di una letteratura nazionale-popolare, tuttavia il problema è impostato nella particolare tematica dell'arte « come coscienza del soggetto », che non può mai essere oggettiva,

> « se non a patto di porre ciò che è creazione nostra, fuori di noi, come se non fosse appunto nostra, ma una realtà per sé che noi dovessimo solamente ritrarre con fedeltà, senz'affatto mostrare di parteciparvi, insomma da spettatori diligenti e appassionati ».

LA POESIA

L'opera poetica di Pirandello occupa quasi tutto il primo tempo del lavoro del nostro scrittore ma ha anche uno sviluppo parallelo nel tempo all'attività di saggista, a quella di creatore di testi narrativi, di commedie, di drammi, anche se meno intensa negli anni piú operosi, e tuttavia non senza una continuità di sviluppo, anche a causa di un suo timbro autobiografico, assai piú intenso alle origini, nelle poesie giovanili. Ma si tratta sempre, come nelle altre opere di Pirandello, di un autobiografismo trasposto, indiretto, rielaborato in termini di pensiero, di riflessione critica. Le prime poesie, quelle di Pirandello quindicenne tuttora inedite, affidate a un quadernetto del 1883, possono essere considerate soltanto esercitazioni parascolastiche, riflessi di letture, o testimonianze di vita familiare non priva di contrasti che si esprimono con ingenuo manierismo, testimonianze appunto del periodo formativo di Pirandello uomo, nell'ambiente familiare e in un contesto borghese-girgentano.

Mal giocondo

La piú matura raccolta di *Mal giocondo*, opera prima pirandelliana, apparsa nel 1889 a Palermo, lascia trasparire la consapevolezza da parte di Pirandello di un dislivello tra sentimento ed espressione che rimarrà sempre presente in lui, e in certo senso la volontà di servirsene per realizzare, proprio attraverso la sua « scarsa sapienza di letterato » determinati traguardi stilistici e compositivi.

Non manca tuttavia il « sentimento » pirandelliano « del contrario », quasi un presentimento del suo umorismo, in alcune composizioni di questa prima raccolta, nel gruppo che ha per titolo « Allegre », soprattutto in quella piuttosto sgradevole « La caccia di Domiziano », con un suo fondo satirico e gnomico-narrativo:

> « Calvo, le gambe povere, ed acceso / in volto, il divo imperatore, inteso / a la caccia, piú mosche a l'ago ha preso, / e pago esclama: Questo, è un bel cacciare! ».

Un personaggio in anticipo della novellistica pirandelliana, il cui modello reale, assai piú che non in letture o reminiscenze storiche, è probabilmente in una tipologia girgentana trasportata in un grottesco già espressionista *ante litteram*. Su questo piano gnomico-narrativo sono altre poesie del medesimo gruppo, la VI, la VII, l'VIII e soprattutto la IX che è una vera e propria novella in versi; ma nell'XI appare già un concetto che sarà piú tardi un *leit motiv* della polemica pirandelliana, quello delle parole consunte dall'uso, simili a fastidiosi insetti:

> « Mi ronzano intorno a le orecchie / nel tedio, con suono confuso, / sí come uno sciame di pecchie, / le vecchie / parole sconciate da l'uso. / Ahi fiore non sboccia, o stuol nero / di pecchie, a quest'algido sole: / nel fosco cervello piú un fiero / pensiero / non nasce, o sconciate parole ».

Non pochi temi pirandelliani che si svilupperanno successivamente affiorano in questi momenti poetici di *Mal giocondo*, sia pure spesso soffocati dalla stessa rigidità degli schemi metrici e prosodici ai quali Pirandello poeta in versi rimarrà in gran parte fedele anche nell'alta maturità, come in parte resterà fedele ad una struttura ottocentesca del linguaggio, presente a volte con inflessioni, modi e stilemi tipicamente pirandelliani, anche nelle opere narrative e di teatro piú importanti, cosí come rimane nella poesia in versi anche di età piú matura, e dell'alta età, qualche sopravvivenza degli originari impasti leopardiani e carducciani. Il leopardismo pirandelliano non nasce soltanto da una certa mimesi scolastica del primo approccio con la letteratura e con la poesia, ma anche dalla coincidenza di una situazione di isolamento provinciale e da talune congenialità psicologiche, mentre l'imitazione carducciana denuncia un sottofondo risorgimentale e civile. In sostanza, il giovane Pirandello recepisce e fa suo non soltanto il disdegno aristocratico e intellettuale di Leopardi per la gente « zotica, vil » del « natio borgo selvaggio », ma altresí ne condivide, sia pure con diverse motivazioni filosofiche o soltanto esistenziali, la pessimistica visione del mondo e della vita. Dal Carducci assimila la ricerca filologica e prosodica, piú vicina a lui nel tempo. Non si dimentichi a questo proposito che Carducci è per molti decenni un contemporaneo di Pirandello, e che le sue innovazioni ritmiche e prosodiche apparvero, e fecero scalpore, negli anni formativi di Pirandello medesimo, suscitando polemiche e contrasti (lo stesso D'Annunzio, pressoché coetaneo di Pirandello, fece sue queste innovazioni). Inoltre nel Carducci il giovane Pirandello trova anche alimento per il suo già vivo (specie dopo il primo soggiorno romano) dissenso con l'Italia « umbertina » e con la sua classe dirigente, condividendone l'invettiva, che riverserà ampiamente nel romanzo *I vecchi e i giovani*, contro politici corrotti e mediocri, il disdegno verso i residui clericali, e aderisce, quasi d'istinto, alla componente nazionale e nazionalistica che si identifica altresí nella tradizione garibaldina respirata nell'ambiente della famiglia materna.

Le fratture nel corpo di queste strutture manieristiche istituzionali leopardiane-carducciane vengono da taluni residui stecchettiani, echi di letture giovanili extra-scolastiche; si legga per esempio, nel gruppo « Allegre » di *Mal giocondo*, la quinta composizione, *Serenata ad Allegra*:

> « Freme scorrendo in queste corde il suono, / sí come il sangue per ogni mia vena: / Oh sii tu acconcia a far quel che mi piace... / No sangue, no, / sí fuoco m'ho, // e addormento il brucior ne l'abbandono / di questa rotta, e matta cantilena... / Ladra

del sonno, ladra de la pace, / levati, su! / e vieni giú... ».

Piú letterariamente organici, invece, i ricalchi da Graf:

« Co 'l pomeriggio le sue ferree porte / apre il giardino, e la comedia vana, / sotto le vostre nude rame torte, / d'una folla, che a voi par certo nana, / torna a svolgersi, piena di languore / e di menzogne / umana, umana, umana! ».

Comunque, forse proprio attraverso queste reminiscenze piú o meno esplicite di letture grafiane, penetra nella poesia di Pirandello una vena crepuscolare, anch'essa in anticipo, che è forse piú autenticamente sua, piú vicina alla sua poetica, all'amaro umorismo dell'espressione pirandelliana, la consapevolezza, filtrata attraverso la riflessione, di un contrasto perenne tra realtà e immagine deformatrice della realtà creata dallo stesso rapporto umano, il perenne giuoco delle parti, la ricerca, illusoria all'estremo, di una consistenza.

Pasqua di Gea

Una piú complessa maturazione, un minore stridore di temi, una piú raggiunta coerenza di ritmi e di sviluppi stilistici si notano nel poemetto *Pasqua di Gea*, apparso nel 1891 presso la Libreria editrice Galli di Milano col sottotitolo *Usque dum vivam et ultra*. A parte il carattere di esercitazione letteraria, in certo senso sperimentale, questo « poemetto primaverile in lasse rimate di settenarii, per nulla umoristico », come ebbe a definirlo successivamente lo stesso autore nella *Lettera autobiografica* apparsa il 15 ottobre 1924 nel periodico romano « Le lettere », diretto da Filippo Súrico, lascia trasparire assai meno che non la prima silloge poetica pirandelliana, le fonti e i modelli d'espressione. Tipicamente pirandelliano, anche se una certa sua radice è in Leopardi, è il sentimento di un inganno vero e proprio della natura, dietro la quale è forse un presentimento della « pena di vivere cosí ».

Elegie renane

Ma il groviglio della situazione pirandelliana – sia pure in una dimensione che non è ancora drammatica, si manifesta piuttosto attraverso intermittenti tensioni autobiografico-liriche pressoché ricomposte e quasi cristallizzate nell'architettura prosodica e ritmica di tipo classico dei larghi impeccabili distici di evidente matrice carducciana – appare piú intensamente nelle *Elegie renane*, imitazioni, in certo senso, delle *Römische Elegien* di Wolfgang Goethe, che Pirandello si era dedicato a tradurre nel corso dei suoi studi a Bonn. Egli avrebbe voluto intitolare questo suo poemetto *Elegie boreali*, non senza un accenno a un contrasto, che evidentemente il poeta avvertiva nel profondo di se stesso tra il solare mondo mediterraneo-classico delle sue origini e quello di una romantica Germania renana.

Apparso nel 1895 presso L'Unione Cooperativa Editrice, ma composto tra il 1889 e il 1890, il poemetto conclude senza dubbio, insieme alla versione pirandelliana delle *Elegie romane* di Goethe, quasi certamente condotta a Bonn nello stesso periodo, la stagione dell'apprendistato letterario di Pirandello. Esso segna il raggiungimento di una estrema, se pure in certo senso manieristica, coerenza di stile e di linguaggio: sono finiti davvero i *monstra* poetici del primo tempo pirandelliano, eppure sopravvive anche in queste elegie uno stridore piú interno: il suo approccio al dolore universale, saremmo per dire al dolore dell'esistere, al di là della radice leopardiana non piú contenibile dal rigore della metrica carducciana, e il « candore » dell'ispirazione pirandelliana cedono a volte alla crudeltà crepuscolare di un « sentimento del contrario » affiorante tra le righe.

Finisce qui il lungo, strenuo, dissonante esercizio di stile pirandelliano, quello di una conquista dell'espressione letteraria (prima che di quella della poesia), che forse ha il suo culmine nella versione delle *Elegie romane* di Goethe, quasi un tributo doveroso alla cultura germanica assorbita negli anni di Bonn, e tutto nel quadro di una *koinè* linguistico-compositiva nazionale dalla quale il giovane siciliano doveva sentirsi fuori, proprio in un suo candore culturale che tuttavia rimarrà evidente, a volte, anche nella produzione successiva in versi e in prosa, il candore che senza dubbio fu l'elemento psicologico che gli impedirà di sentirsi solidale con l'avventura intellettuale italiana degli anni seguenti.

La poesia di Pirandello dopo le *Elegie renane* è quasi sempre libera dalle preoccupazioni formali e dalle stilizzazioni leopardiane e carducciane della precedente, da ogni tributo manieristico, anche se sopravviverà (e talvolta con una sua particolare accentuazione), l'impronta ottocentesca della formazione letteraria, una sorta di inconfondibile marchio di fabbrica, nella scelta dell'immagine, nell'aggettivazione, nel giro del periodo.

Zampogna

La raccolta *Zampogna* (apparsa nel 1901 presso la Società Editrice Dante Alighieri di Roma) si apre con una vera e propria novella in versi, *Padron Dio*, di impianto ancora naturalistico, la storia di un vecchio randagio mendicante contadino, Giudè, certo di qualche plaga del girgentano, nei cui ragionamenti e nella cui vicenda si delinea già il rapporto negativo e deludente dell'uomo pirandelliano.

Ma il motivo ricorrente delle poesie di *Zampogna* non è soltanto questa *pietas* pirandelliana per la perenne sconfitta dei suoi personaggi, ma anche quello della indifferenza della natura per l'uomo; comunque quasi sempre queste composizioni rivelano un fondo piú o meno intensamente autobiografico, sono testimonianze di giorni e di momenti della vita.

Fuori di chiave

Piú compiutamente pirandelliana, nel senso della testimonianza dello sviluppo di temi e di intuizioni, di concetti e di pensieri che avranno un posto importante nella problematica del narratore e del drammaturgo, la raccolta poetica *Fuori di chiave*, apparsa nel 1912 presso l'editore Formiggini, a Genova. Le poesie di questa raccolta, composte tra il 1904 e il 1910, corrispondono non soltanto al periodo cruciale della vita di Pirandello, dopo l'ultimo dissesto paterno del 1903, cui seguí il crollo psicologico della moglie, il periodo – si deve aggiungere – che rappresenta anche una svolta decisiva nel lavoro di Pirandello scrittore. Non si può dimenticare che già sono apparse le prime novelle di Pirandello *La paura del sonno, Lumie di Sicilia, La favola del sole, Alberi cittadini, Scialle nero, Lontano,* raccolte insieme ad altre nel 1902 e 1903 in due volumi (*Beffe della morte e della vita*) ma soprattutto che la stesura della maggior parte di queste poesie è coeva alla stesura e alla pubblicazione di un romanzo fondamentale dell'opera di Pirandello stesso come *Il fu Mattia Pascal,* romanzo senza dubbio « fuori di chiave » nella narrativa italiana tra l'ultimo Ottocento e il primo Novecento, ed è coeva altresí alla stesura del saggio *L'umorismo* (apparso nel 1908). Le poesie di *Fuori di chiave* non riflettono soltanto, sia pure in quella *indirection* che sempre caratterizza l'autobiografismo pirandelliano, la consapevolezza di una frattura, di una metamorfosi, dalla quale non potrà piú tornare indietro, ma altresí di un proiettarsi della sua coscienza al di là di quello che poteva essere l'orizzonte limitato e in un certo senso moralistico di una vocazione letteraria portata a cristallizzare un certo empito di vita in una formale purezza lirica.

Nasce, in altre parole, nel letterato Luigi Pirandello quell'« avvertimento », che sarà poi « sentimento » del contrario, che, al di là di una matrice originaria di leopardiano pessimismo, attuerà lo stimolo alla scomposizione critica della realtà. È questo il senso dei due « Preludi », « orchestrale » e « di partenza » dove la lucida, implacabile, raziocinante ironia pirandelliana fa le sue prime prove spogliandosi dell'introspezione e della confessione, l'una e l'altra di letteraria matrice romantica del primo tempo poetico. Potremmo dire che in questi versi non è soltanto, implicitamente, il rifiuto di una letteratura, anzi di un'educazione alla letteratura di tipo accademicamente classico-romantico (nel senso almeno di un reciproco involucro formale), ma, sotto la stessa tensione poetica, il rifiuto pirandelliano della poesia come intuizione, come pura liricità, vorremmo aggiungere che vi compare il senso di un'« antipoesia » pirandelliana che è la vera espressione del suo mondo poetico.

Sia nelle poesie di *Fuori di chiave*, ultima raccolta poetica, in certo senso ancora giovanile, sia in altre, quasi tutte coeve al primo sviluppo della sua narrativa ed alla sua produzione teatrale, apparse quasi sempre in rivista (solo piú tardi raccolte postume, in *Saggi, poesie* ecc. a cura di Lo Vecchio-Musti, sotto il titolo *Poesie varie*), invano cercheremmo uno « stato poetico dell'anima » incline alla contemplazione o anche ad una « umana partecipazione », che superi quel nodo di angoscia che il Croce definisce un « vano interrogare », un « cieco dibattersi », cosí che ne scaturisca « la serena gioia della bellezza ». La poesia di Pirandello, sia quella in versi, sia quella delle sue opere in prosa, nasce invece da una situazione esistenziale. È in essa il drammatico sentimento, non senza una qualche affinità con talune intuizioni heideggeriane (come suggerisce Vera Passeri Pignoni in un intervento su « Pirandello e la filosofia esistenziale » al Congresso internazionale di studi pirandelliani tenuto a Venezia nel 1961 e raccolti negli *Atti* del congresso medesimo a cura dell'Istituto di Studi Pirandelliani, Le Monnier, Firenze, 1967) di una « reciprocità tra essere e nulla, di nascere e morire, il rifrangersi della personalità negli atti in cui si realizza, e la conseguente angoscia che segna il passaggio da un atto all'altro, il peso della colpa che domina l'uomo e la sua ansia di redenzione, il contrasto tra la possibilità e la scelta ».

LE NOVELLE

L'uomo pirandelliano nelle « Novelle per un anno »

Il mondo di Pirandello non è un mondo di concetti allo stato puro, anche se il fondo della sua ispirazione è sempre (come egli ha esplicitamente detto in quel saggio-prefazione ai *Sei personaggi in cerca d'autore* che è anche, ripetiamo, una vera e propria dichiarazione di poetica), di natura filosofica e morale. Vorremmo aggiungere, di natura civile, anche se lo scrittore si è ritenuto sempre un « apolitico », cioè non legato a un preciso schema ideologico o al riverbero della lotta politica o, se si vuole, del dibattito politico. I personaggi che la « servetta sveltissima e non pertanto nuova sempre del mestiere » di cui egli parla nello stesso saggio-prefazione, la Fantasia, gli porta a casa affinché egli « ne tragga novelle, romanzi e commedie », sono

> « la gente piú scontenta del mondo, uomini, donne, ragazzi avvolti in casi strani da cui non trovano piú modo a uscire; contrariati nei loro disegni; frodati nelle loro speranze, e coi quali insomma è spesso veramente una gran pena trattare ».

Occorre por mente a questa parola: *scontenta*. Cioè persone in eterno dissidio con loro stesse, prima che col mondo, e col mondo soprattutto perché in dissidio con loro stesse: il disaccordo nasce dal loro interno, e in un momento preciso dell'esistenza dal quale incominciano a girare le ruote di un meccanismo inesorabile nei cui ingranaggi essi si lasciano prendere nella piena consapevolezza di loro stessi e di quello che sarà il loro destino.

Spesso le situazioni nelle quali essi si trovano sono apparentemente fittizie, costruite a freddo, a scopo dimostrativo, dal loro autore. Dopo la frattura di Pirandello con le ultime esigenze del naturalismo, l'« oggettività » pirandelliana è sempre, o quasi sempre, un riflesso del soggettivo, in funzione di una trama logica che talvolta può diventare follia raziocinante (ma follia è anche candore, cioè impossibilità di commisurare la « parte » del personaggio pirandelliano alla dimensione della realtà, alla « ragione degli altri »), ma è sempre lucidamente razionale. Anche se Pirandello è stato uno degli antesignani del monologo interiore nella letteratura contemporanea, l'uomo pirandelliano ha scarso spessore psicologico: « La stessa rigidezza del suo meccanismo psichico pare escludere un tessuto di sentimenti intensi e complessi », ha scritto Salvatore Battaglia in *Mitografia del personaggio* (Milano, 1968, pag. 432). « Ma è una nuova dimensione – aggiunge il Battaglia medesimo – che l'autore introduce nella topografia morale. Al loro primo incontro gli attori del teatro pirandelliano appaiono come fantocci, e sembra che siano costituzionalmente inabili a sperimentare una dimora intrinsecamente umana. Sono marionette in mano di una passione, di un'illusione, di un miraggio. Piuttosto che sentirsi proiettati verso l'avvenire, secondo l'evoluzione classica del personaggio, sono rivolti ostinatamente al passato, che è poi il frammento del tempo presente, ma coagulato e cristallizzato. Ciascuno d'essi vive non tanto un'esperienza personale, quanto un "caso", un tipo di casistica. »

Per quanto ricchissima sia la fenomenologia pirandelliana, dalle novelle ai romanzi al teatro, in ragione appunto di questa costante simbiosi tra fantasia e « filosofia », tra schema morale e immaginazione, la tipologia umana che ne deriva si riduce a una sorta di bizzarro schedario non soltanto di tipi e di vicende umane, ma altresí di fatti, di casi, di circostanze, di situazioni morali che si avvertono ricavate quasi sempre da un fondo di esperienze girgentane o al piú palermitane, « immagini-ricordo » e « immagini-racconto », per usare due espressioni di Cesare Pavese, stampate nella memoria dell'infanzia, dell'adolescenza, della gioventú di Pirandello, il fondo autobiografico radicato nella stessa storia del suo mondo, dalla sua ispirazione. È l'inesauribile « cronaca locale » che gremisce (anche se molti casi familiari sono trasferiti pressoché di peso nella Roma burocratica e paraletteraria, o altrove nel tempo e nello spazio) le *Novelle per un anno*, che è appunto la riserva di casi e di personaggi alla quale Pirandello attingerà incessantemente caratteri e vicende.

In sostanza il grande *corpus* nel quale è raccolta la novellistica pirandelliana va considerato non tanto come un ciclo narrativo su un piano tradizionale: un *Decameron*, un *Eptameron*, o alcunché di simile; ma piuttosto come una sorta di quaderno di appunti in forma narrativa, nel quale l'autore raccoglieva forse quotidianamente per un lunghissimo corso di anni, tipi, vicende, ricordi, e magari suoi particolari momenti, quasi uno « zibaldone di pensieri », e questo potrebbe anche aver conferma in un certo leopardismo di base di Pirandello. La stessa casualità dell'ordinamento delle novelle nei due grossi volumi (complessivamente circa 2500 pagine), che forse non corrisponde nemmeno a un ordine diacronico di composizione, potrebbe confermare tale ipotesi. Ce ne dà conferma soprattutto il fatto che Pirandello utilizza per i romanzi e per il teatro personaggi, trame, situazioni delle novelle, e spesso vi trasfonde per intero brani o dialoghi; è soprattutto proprio nelle novelle che l'uomo pirandelliano inizia la sua esistenza allo stato puro, inizia il suo « involontario soggiorno » sulla terra, prima di diventare cittadino di quell'universo pirandelliano che è talvolta la delirante proiezione « filosofica » e morale di una realtà percepita e sofferta dallo scrittore nel suo impatto con la vita.

Appunto per questo le *Novelle per un anno* possono apparire come una sorta di *Comédie humaine*, nella quale ciascun personaggio è còlto in un suo momento, in un suo gesto, in una sua vicenda ristretta e concisa, ma anche, vorremmo aggiungere, in una sua connotazione polemica, e con una precisa funzione dirompente nel corpo stesso della vicenda; la quale quasi sempre prende l'avvio da una stortura della mente, da un dissidio del personaggio con l'ambiente, da un momento, da un riflesso della coscienza del personaggio stesso e magari da un suo *tic* nervoso. In questo è forse il segreto dell'intercambiabilità, della disponibilità, al di là di quella che può essere la sua stessa « durata », della notazione pirandelliana in ogni singola novella.

A volte, oltre il personaggio stesso e l'abito di pensiero che lo riveste, può essere una fulminea intuizione di Pirandello *nel* personaggio, a ramificarsi in altre vicende, o a proiettarsi al di fuori del suo ambito iniziale. Si prenda una novella come *Non è una cosa seria*, la cui chiave umoristica (il matrimonio per burla di un bizzarro giovanotto, facile a compromettenti e spesso deludenti amorazzi, per mettersi definitivamente al riparo dal pericolo di prender moglie, con una povera scema

> « che si vedeva ogni sera per via, parata con certi cappellacci carichi di verdura svolazzante, tirata da un barbone nero, che non le lasciava mai il tempo di finir certe sue risatelle assassine... »,

confinandola a vivere in campagna col cane, lontana da lui), sarà poi lo spunto in chiave drammatica, ma con un diverso personaggio femminile, la disadorna, ma non squallida, ma non « umoristica », Gasperina, per una commedia (*Ma non è una cosa seria* del 1919), certamente « minore » del teatro pirandelliano. Ma di là dalla chiave umoristica, il suo tema essenziale, il medesimo dell'alta maturità pirandelliana, è quello della personalità disintegrata, della « parte » che gli altri fanno rappresentare a ciascuno nella vita: il tema, in altre parole, di un romanzo-chiave di Pirandello, come *Uno, nessuno e centomila,* la cui stesura (1923-24) è molto piú tarda della novella (1908-9). Certo nella novella la paradossale e spesso grottesca tipicità pirandelliana risulta con maggiore evidenza e acutezza.

Una certa teatralità di base della novella pirandelliana è stata rilevata da critici e studiosi che hanno non di rado puntualizzato una certa tipicità dialogica, e in modo particolare in quelle nelle quali è piú evidente e piú diretta l'ispirazione regionale siciliana o girgentana anche come fatto di linguaggio, con i suoi richiami allusivi, con i suoi mordenti ironici e grotteschi, al limite di un espressionismo popolaresco o borghese che è frequentemente in strettissima connessione con la filigrana dialettale del « parlato » pirandelliano, attraverso il quale affiora talvolta una certa sottolineatura gestuale. Ecco Tararà davanti ai giudici, ne *La verità* (che suggerirà piú tardi – la novella è del 1912 – lo spunto della vicenda e qualche carattere alla commedia *Il berretto a sonagli* che è del 1917):

« Dopo le prime formalità, costituita la giuria, il presidente invitò l'imputato ad alzarsi.

— Come vi chiamate?

— Tararà.

— Questo è un nomignolo. Il vostro nome?

— Ah, sissignore. Argentu, Saru Argentu, Eccellenza. Ma tutti mi conoscono per Tararà.

— Va bene. Quant'anni avete?

— Eccellenza, non lo so.

— Come non lo sapete?

Tararà si strinse nelle spalle e significò chiaramente con l'atteggiamento del volto, che gli sembrava quasi una verità, ma proprio superflua, il computo degli anni. Rispose:

— Abito in campagna, Eccellenza. Chi ci pensa?

Non deve ingannare l'impianto dialettale e in certo senso mimico-gestuale della novella pirandelliana di ambiente contadino e popolare siciliano (che d'altronde sopravvive in parte anche in novelle di ambiente borghese, ed anche non siciliano, ma è difficilissimo dire sino a che punto in tutta la narrativa del nostro scrittore la radice siciliana non operi indirettamente nel caratterizzare il mondo dei personaggi e le loro situazioni psicologiche), apparentemente di tipo verghiano e naturalistico.

Tuttavia anche nelle novelle nelle quali è piú evidente una qualche radice naturalistica o veristica, i filtri dell'ironia pirandelliana sono quelli di una medesimezza dello scrittore con le sue creature, che va al di là del caso particolare, di una immediata tipicità. Pirandello discende in esse al fondo stesso della condizione umana del suo personaggio, saremmo per dire nel fondo di un dolore antico, di un antico retaggio di servitú e di alienazione. In questa novella, Tararà, misero salariato agricolo, è processato per aver ucciso la moglie che lo tradiva forse da sempre, e la cosa non gli era ignota, quando, in seguito ad una tresca con il cavalier Fiorica, scoperta clamorosamente dalla moglie di quest'ultimo, esplode lo scandalo. La uccide, in altre parole, quando non può piú farne a meno senza perdere la faccia, cioè la sua stessa identità (saremmo per dire la sua stessa « forma ») nel gruppo sociale di cui fa parte, consapevole di essere lo strumento di un meccanico pregiudizio dell'onore che certamente non condivide, e forse c'è anche in lui l'oscura consapevolezza del contadino di essere soltanto una pedina, uno strumento. Non c'è nel lungo e rassegnato monologo alla fine dell'interrogatorio una sola parola di pietà per la vittima o di rammarico per se stesso, ma ora che Tararà è davanti ai giudici riesce ad esprimere solo un margine di blanda deplorazione per la signora che ha suscitato lo scandalo, coinvolgendo lui stesso,

> « che non c'entravo, né punto, né poco, a causa della passeggera infatuazione di un signore per una "sporca contadina" ».

Ad essa vorrebbe dire:

> « Ma non ha pensato vossignoria, che c'era un altro uomo di mezzo? e che quest'uomo non poteva lasciarsi beccare la faccia dal prossimo e che doveva far l'uomo? ».

Tararà è condannato perché ha detto la verità e sia pure una *sua* verità: se avesse mentito sarebbe stato assolto. La casistica dell'adulterio e particolarmente del tradimento della donna e del suo riverbero sull'onore dell'uomo quasi come offesa ad un suo patrimonio non soltanto morale, è frequente nell'opera di Pirandello, come di altri autori suoi conterranei, ed è appunto il segno di una certa sicilianità, ma anche di un'educazione letteraria che affonda le sue radici in un Ottocento post-romantico già impregnato di positivismo, nei cui limiti tuttavia Pirandello opera sin dall'inizio, non diversamente da Čechov, con un suo acutissimo segno di contraddizione.

Il teatrino perenne della novella pirandelliana è soprattutto in questa scoperta continua di un mondo provinciale chiuso e assurdo, crudele e pettegolo, ma nel tempo stesso carico di una sua paradossale vitalità. Si legga una novella come *La giara*, con l'astiosa lite tra due vecchi, un ricco contadino che ha chiamato ad accomodare una sua bellissima giara il compaesano Zí Dima, inventore di un mastice straordinariamente efficace, e infatti, calatosi dentro il gigantesco orcio, egli lo ripara in modo perfetto, ma non può piú uscirne. Da qui la disputa tra i due: Zí Dima che pretende, per riuscire a liberarsi da quella sua grottesca prigionia, che il committente spacchi di nuovo la giara; l'altro non soltanto si oppone, ma pretenderebbe per farlo che Zí Dima gli paghi la giara come nuova, ma alla fine esasperato la manda a ruzzolare contro un albero: la giara si spacca e Zí Dima la vince: Pirandello ne trarrà piú tardi un famoso atto unico con lo stesso titolo. Ma la giara nella quale l'uomo si cala, e non può piú liberarsene, è veramente temibile; è in essa il segno di un'angoscia esistenziale, di un'impossibile evasione dall'assurdo della vita che ritroveremo piú tardi in Sartre e in Beckett.

A volte invece questo mondo popolare ha un suo risvolto dolente, pur nella sua espressionistica tipicità, anche se la situazione di partenza presenta qualche aspetto pirandellianamente umoristico e comico: è l'impietoso elenco dei capi di biancheria, in *Prima notte* (« Quattro camicie, quattro lenzuola, quattro sottane ») del corredo di una povera figliuola di un borgo di mare (forse Porto Empedocle), Marastella, che la madre è riuscita a convincere, dopo che il fidanzato della ragazza è morto in mare (anche la madre è vedova di un annegato), ad accettare la richiesta di matrimonio di don Lisi, anziano vedovo, in buona e sicura posizione quale custode del cimitero, lo stesso dove è sepolta da un anno la moglie e dove riposano le spoglie del fidanzato di Marastella: incontro di due solitudini impenetrabili, sigillate dal silenzio della morte, nel piccolo camposanto sull'altopiano, rotto dal canto dei grilli che viene dalle campagne vicine e lontane, dal « borboglío » del mare.

Ma solo di rado nella novellistica del nostro scrittore la morte si compone nella solenne immobilità di un assoluto silenzio interiore o, come in questa novella, rivela una indicibile condizione di patimento: non di rado essa timbra con un suo indelebile sigillo – l'ilare lugubre pirandelliano di certe poesie – la paradossale visione di un'esistenza distorta, di un assurdo irriscattabile; si identifica, in altre parole, col gusto amaro del grottesco. Cosí ne *L'illustre estinto*, novella ambientata fuori dal mondo siciliano, tra la Roma dei politici e un'ipotetica città di provincia del Nord-Italia, nella quale un ex ministro immagina, nel corso della sua solitaria agonia, i solenni funerali che gli saranno tributati nel suo collegio elettorale. Ma la sua bara, per un errore burocratico, sarà dirottata verso Avezzano, mentre al suo posto sarà ricevuta con tutti gli onori quella di un oscuro seminarista. Solo piú tardi, dopo le solenni onoranze, il feretro dell'uomo illustre giungerà a destinazione, e sarà tumulato quasi clandestinamente.

La novella pirandelliana è quasi sempre un campo di tensioni che si scaricano per creare altre tensioni, le quali possono a volte proiettarsi, come si è detto dianzi, fuori della vicenda, in altre narrazioni e in altri testi creativi. Saremmo per dire che vi si verifica spesso un certo fenomeno carsico della fantasia pirandelliana: un riapparire altrove e in nuove situazioni di talune intuizioni. Come di quella fondamentale della tematica pirandelliana che sarà poi alla base di un romanzo come *Uno, nessuno e centomila*, il tema del relativismo, della personalità disintegrata a seconda di chi ci osserva e di chi ci giudica, della « parte » che ciascuno di noi recita di fronte agli altri o che gli altri credono che reciti, già accennato nella novella *Non è una cosa seria* del 1909, ma che ha già una sua prima enunciazione nella novella *Risposta* del 1902:

> « La signorina Anita è quella, e un'altra, e anche tante altre, perché vorrai ammettere che quella che è per me non sia quella che è per te, quella che è per sua madre, quella che è per il commendator Ballesi, e per tutti gli altri che la conoscono, ciascuno a suo modo » ... « Tante realtà dunque, amico mio, che fanno "realmente", e non per modo di dire, la signorina Anita una per te, una per me, una per la madre, una per il commendatore Ballesi, e via dicendo; pur avendo l'illusione ciascuno di noi che la vera signorina Anita sia quella sola che conosciamo noi; e anche lei, anzi lei soprattutto, ha l'illusione di essere una, sempre la stessa, per tutti ».

Un tema che riapparirà nella novella *Stefano Giogli, uno e due* del 1909, e che è un po' disseminato, con diverse connotazioni e strutturazioni, pressoché in tutto il teatro di Pirandello, in commedie come *Ciascuno a suo modo*, (ed il titolo ne affiora già in *Risposta*), *L'uomo, la bestia e la virtú*, la cui vicenda e i cui personaggi sono già delineati nella novella *Richiamo all'obbligo*. Fenomeno carsico, dicevamo, questo di una fantasia che sembra rincorrere se stessa, tuttavia non puramente occasionale e meccanico, ma piuttosto un aspetto strutturale dell'opera e della stessa storia di Pirandello come scrittore. Si potrebbe aggiungere che vi si rivela l'essenza stessa del « pirandellismo », al di là di quello che può essere il riverbero e l'espressione di una « filosofia », la concezione dell'opera non come « forma », ma come vita in atto, come farsi perenne, come divenire.

Quanto alle *Novelle per un anno*, un tale fenomeno conferma ancora una volta questo carattere di « zibaldone », di quaderno di appunti che vi abbiamo voluto vedere, una sorta di lavagna sulla quale Pirandello ha segnato per lunghi anni le sue idiosincrasie, i suoi disdegni, i suoi disgusti, ed anche, a volte, i suoi funambolismi psicologici e morali, i suoi giochi metafisici, i suoi sofismi di intellettuale dilacerato, i riflessi di un'ironia quasi sempre in una visione paradossale della vita e dei rapporti con gli uomini. A un tale catalogo dovremmo aggiungere gli ironici piaceri dell'immaginazione di cui è testimonianza la novella *Di guardia*, a torto considerata da alcuni estranea alla tematica pirandelliana: lo scherzo di una bella signora in villeggiatura, attentamente sorvegliata da un cognato sospettoso al quale ella fa credere, per non aver voluto partecipare ad una gita in comitiva, di tenersi pronta per un convegno clandestino, mentre la donna si incontra col marito dal quale aveva ricevuto un messaggio che ha nascosto al geloso congiunto. O una novella come *L'eresia catara*, nella quale un professore di storia delle religioni estremamente miope ha due soli discepoli ai quali deve esporre una sua fondamentale teoria, in polemica con un illustre collega tedesco, e vi si prepara con grandissimo impegno, ma alla lezione uno dei due allievi è assente, mentre l'altro, giunto in ritardo, trova il maestro quasi cieco che disserta calorosamente in un'aula deserta, ingannato, nell'incerta luce crepuscolare, dai mantelli appesi agli attaccapanni, che il docente scambia per attentissimi studenti. O come *Il sonno del vecchio*: un giovane commediografo che è invitato a leggere un suo atto unico, in un salotto « intellettuale » il cui ospite d'onore è quella sera un illustre senatore ultraottantenne famoso studioso, ma deve rendersi conto che il suo sforzo è inutile: il vecchio ha sonnecchiato durante tutta la lettura, e gli altri invitati contano assai poco sul piano intellettuale. Anche qui, come ne *L'eresia catara*, come in altre novelle (potremmo citare *Leonora addio*, che in gran parte troverà la sua espressione teatrale in *Come prima meglio di prima*, o come in *Notte*), l'amaro sigillo di una sconsolata pietà per l'eterno scacco che il personaggio subisce, lascia intatto un fondo paradossale e beffardo.

In tutta la novellistica di Pirandello si avverte sempre il senso di una provincia italiana dilacerata da una crisi interna sul piano sociale e psicologico, che coinvolge in se stessa anche la credibilità del tessuto sociale dell'Italia umbertina e primo-novecentesca, ravvisabile nella borghesia burocratico-imprenditoriale, sostanzialmente parassitaria, dell'Italia malamente unita, nata sulla scia del rivolgimento politico, amministrativo, economico sopravvenuto al processo unitario, sulle rovine del Risorgimento stesso, soffocato dalla politica dinastico-liberale delle annessioni e dei plebisciti.

È in questa prospettiva che vanno lette novelle come *Il guardaroba dell'eloquenza*, col polemico suicidio di un vecchio garibaldino, ridotto insieme alla figliastra in condizione di estrema miseria, che si accusa, nell'atto stesso di uccidersi, del furto dei fondi di un'associazione patriottico-culturale della cui sede è il custode, purché il seduttore della figliastra, presidente del sodalizio ed autore della sottrazione « renda l'onore » alla ragazza, e glielo impone con un ingiurioso messaggio postumo a lui diretto. Ed anche la già citata novella *L'illustre estinto* col risvolto della verità postuma dell'uomo politico morente, la sua ultima vana illusione di sopravvivere nel suo « giuoco delle parti », in una « forma » che il beffardo svolgersi della vita contraddirà impietosamente col ridicolo scambio dei feretri. È in questa prospettiva la sarabanda di ipotesi e indiscrezioni che la pettegola società bene di una piccola città di provincia intreccia, ne *La signora Frola e il signor Ponza* – dalla quale lo scrittore trarrà la commedia *Cosí è (se vi pare)* – attorno alla identità della misteriosa signora che la suocera di un funzionario di prefettura dice essere sua figlia, e alla quale il marito, lo stesso funzionario, per una sua folle gelosia imporrebbe di tenersi lontana da lei, mentre il genero dichiara che ella è soltanto la seconda moglie (la prima sarebbe perita in un terremoto dal quale sono stati anche distrutti tutti i documenti anagrafici della famiglia), ed egli asseconda per pietà l'illusione di colei che non è piú sua suocera: sulla tragedia dei tre, si agita un mondo di snobistica e perbenisticamente crudele curiosità nei confronti di creature chiuse in un loro amarissimo dramma.

L'*humour* di Pirandello è in queste novelle sempre al limite della tragedia, anche quando il comico delle situazioni insiste sul paradosso o deforma la realtà attraverso l'invenzione grottesca in un giuoco di specchi che stravolge e disintegra la stessa fisionomia dei personaggi. Non si dimentichi che nella provincia di Pirandello affiorano quasi sempre, anche per un loro riflesso linguistico e psicologico, i connotati di un mondo meridionale, di un profondo Sud italiano gremito di personaggi « dissugati »,

« disajutati », « raumiliati », per usare tre tipici termini pirandelliani, oppure toccati da una loro indicibile sofferenza, o da una solitaria follia raziocinante o da una loro rassegnata e a volte furente amarezza. Cosí nella novella *Il professor Terremoto*, dove appunto in uno scompartimento di un treno del Sud, uno di questi inesauribili meridionali disserta, in modo paradossale, sulla scorta di suoi casi personali, sull'eroismo della vita, sulla fortuna e sulla disgrazia.

E tuttavia una provincia anonima, quasi sepolta nella minuta, impalpabile atmosfera di un suo allucinante malessere, popolata di uomini senza qualità: « A somiglianza di una celebre definizione – ha scritto Giacomo Debenedetti (*Una giornata di Pirandello*, in *Saggi critici*, seconda serie, Milano, Il Saggiatore, 1971, pag. 292) – che fa dell'universo kantiano una catena di casualità sospese a un atto di libertà, si potrebbe riassumere l'universo pirandelliano come un diuturno servaggio in un mondo senza musica, sospeso ad una infinita possibilità musicale: all'intatta e appagata musica dell'"uomo solo" ». L'uomo pirandelliano – l'« uomo », non il « personaggio », cioè una sorta di prototipo, di figura emblematica, nella quale Pirandello identifica il suo dramma – in modo particolare nelle *Novelle per un anno*, è l'uomo assolutamente « senza qualità », l'uomo nudo, indifeso e incapace di difendersi, di recitare la « parte » che la vita gli assegna, ma che nello stesso tempo si vede vivere nella vita degli altri, e vede vivere gli altri nella sua. È il « pover'uomo » della tarda poesia *Improvvisi*, che va lungo l'argine triste del canale, che vive « nell'ombra di un sogno », quello di un universo capovolto in uno specchio di acqua. È la signora Leuca di una novella come *Pena di vivere cosí*, la cui esistenza si consuma tra una visita e l'altra di un marito bizzarro e violento che da anni l'ha abbandonata; ella, dopo la morte della donna con cui egli conviveva, lo accoglie di nuovo in casa con le tre figlie avute da lei, alle quali con trepidazione fa ora da madre, sino a che il marito non se ne va, come era prevedibile, con un'altra ragazza, e per sempre, lasciando alla Leuca le bimbe, che ora ella alleverà senza piú illusioni, « lacerata dentro »:

> « nell'infinita angoscia del suo sentimento che è d'amore, di pietà... pena di vivere cosí ».

Senza qualità, dunque, all'infuori della qualità umana di questa pena e della consapevolezza di dover vivere in essa. È la protagonista de *La maestrina Boccarmè*, che manda tutti i suoi risparmi, dopo molti anni di rassegnata lontananza, all'uomo che l'ha sedotta e abbandonata, quando viene a sapere che è sull'orlo della miseria, quasi per tener fede alla « sua povera favola segreta ». Ed è anche il protagonista di *Canta l'Epistola*, con il suo

> « non aver piú coscienza dell'essere, come una pietra, come una pianta... vivere per vivere, senza saper di vivere... guardare nel cielo azzurro, le bianche nuvole abbarbaglianti, gonfie di sole; udire il vento... e in quel fragore sentire, come da un'infinita lontananza, la vanità d'ogni cosa e il tedio angoscioso della vita ».

Personaggi e momenti, certo, di una umanità osservata come attraverso una lente crepuscolare, anche se Pirandello vi porta un suo particolare sentimento dell'alienazione umana, una sua amara pietà per la condizione dell'uomo costretto a vivere o a salvarsi con un'evasione illusoria anche se talvolta al limite dell'irrisione.

È appunto questo sentimento dell'alienazione umana, nei filtri pirandelliani dell'umorismo, ad affrancare queste novelle da un troppo esplicito abbandono alla pietà. Risale anzi dal fondo, saremmo per dire da una certa consanguineità dell'uomo pirandelliano con l'uomo-Pirandello, una certa acredine, una certa crudeltà (e sia pure una pietosa crudeltà), che nelle opere teatrali, come si vedrà, sarà destinata a diventare piú acuta, piú mordente nello scontro dialettico di opposte tensioni che non lascia come nella narrativa la strada aperta al rifluire dei sentimenti, al reinserirsi dell'autore e del suo mondo nel mondo dei personaggi. È il caso di *Berecche e la guerra*, che è forse, insieme a *Pena di vivere cosí*, una delle piú compiute e raggiunte novelle pirandelliane: nel dramma dell'anziano professore di storia che ne è il protagonista, di lontana origine germanica, è adombrato certamente il dramma di una cultura (anzi dell'idea di una cultura), di un ordine intellettuale che tuttavia non resistono piú all'irrompere di impure forze storiche, non senza un presentimento di ben altre catastrofi. Si può aggiungere che proprio in *Berecche* la tensione si attenua talvolta a causa di un ricambio continuo tra la crudeltà di base della situazione e il continuo richiamo degli affetti.

Domina il senso, come si diceva dianzi, di una ossessiva provincialità italiana, irrimediabilmente « senza qualità », sia nelle prime novelle, direttamente ispirate dal mondo girgentano, nelle quali l'intervento del riflesso umoristico pirandelliano riesce a liberarsi solo in parte dall'ipoteca naturalista, sia in quelle di un secondo tempo, dove i casi e i personaggi sono talvolta trasferiti nella Roma tardo ottocentesca o primo Novecento, dei burocrati, dei professionisti, di certi salotti e di certe alcove. Si può aggiungere che essa sopravvive anche nelle novelle della piú alta maturità dello scrittore, nelle quali la narrazione sembra sciogliersi da ogni tipicità, e il personaggio è ormai soltanto l'idea di un personaggio, o meglio un'immagine per un'idea, racconti che lasciano trasparire attraverso la dissoluzione di ogni oggettivismo la presenza attiva dello scrittore, il suo intervento non come esterno *deus ex machina*, ma piuttosto come partecipe e attore. Cosí in *Soffio*, dove un'inquietudine abnorme trae occasione da una frase, quasi un luogo comune, pronunciata da qualcuno in seguito ad una morte improvvisa (« La vita com'è! Basta un soffio a portarsela via »), nella quale il protagonista, scopre di poter uccidere chiunque con un semplice soffio sulle dita, scatenando nella città un crescendo di visionaria ossessione, nella quale alla fine tutto sembra quasi dissolversi in una atmosfera allucinata e irreale. Cosí in *Nell'albergo è morto un tale*: la nascita di un clima di ossessiva tensione in un albergo, per un paio di scarpe rimaste sulla porta di un ospite, colpito nella notte da un improvviso malore. Racconti nei quali il lugubre pirandelliano ha sempre un quasi ilare risvolto nihilistico, in un clima sospeso, al limite dell'irrealtà. In questi racconti, la trama, l'intreccio, i fatti in sé hanno scarso rilievo, o non esistono affatto, anche se talvolta vi affiora un certo gusto del romanzesco psicologico, come ne *La realtà del sogno* che ha per protagonista una giovane signora di evidente estrazione meridionale e siciliana, educata cioè in un clima di ancestrali divieti sessuofobici, la quale nel comportamento di ogni uomo nei suoi confronti crede di scoprire sempre una provocazione, un'offesa al suo pudore di donna, e in modo particolare nei discorsi di un amico del marito, mentre quest'ultimo cerca di convincerla a liberarsi di una tale ossessione. Un tema che forse lascerebbe pensare al tardo riflusso di una casistica di tipo verista, laddove la modernità del racconto si affida proprio alla « realtà » di un sogno in cui la donna si trova tra le braccia dell'amico del marito del quale evidentemente subisce il fascino nel suo inconscio. Torna il tema quasi freudiano del sogno, anche in una sua prospettiva irrazionalistica, alla quale non manca tuttavia un certo risvolto ironico, in *Effetti di un sogno interrotto*: il proprietario di un quadro antico che rappresenta una bellissima Maddalena seminuda riceve la visita di un vedovo che gli propone di vendergli il quadro perché crede di vedere ritratto in esso sua moglie teneramente amata e compianta. Egli rifiuta, e la notte successiva sogna che il visitatore in pigiama cerca di rubargli il quadro. Il giorno dopo si reca a trovare il vedovo e vede che egli indossa appunto il medesimo pigiama che ha visto in sogno.

Leonardo Sciascia invita a leggere la novella *C'è qualcuno che ride* in chiave di satira antifascista, quasi come controprova di un distacco – negli anni successivi alla forse impulsiva adesione di Pirandello al fascismo nel 1924 – dello scrittore dal regime, specie negli anni amarissimi che precedettero la sua scomparsa. Non manca, certo, in questa novella un fondo di irrisione: il riso di qualcuno nel corso di una riunione importante (o magari solo pretestuosamente o retoricamente importante) che interrompe la solennità dell'occasione e la vanifica, sino a travolgere e stravolgere il senso stesso della riunione. È probabile che il racconto sia suggerito indirettamente dalla situazione psicologica dell'Italia di allora, dal clima di irrealtà, di vuoto interiore che caratterizzava l'attesa e il presentimento di una crisi imminente, che un acuto intellettuale come Pirandello non poteva non avvertire, ma è piuttosto difficile ipotizzare nell'irrisione che traspare in questo racconto – irrisione di qualità metafisica e surreale, al limite pressoché kafkiana, cioè inserita nella dimensione di un'angoscia esistenziale – uno stato d'animo di opposizione politica dello scrittore. È probabile peraltro che un certo dissenso, un'incrinatura con la società italiana degli anni trenta, per conseguenza con lo stesso regime che era al suo vertice, filtrasse nel lavoro di scrittore di Pirandello, ed anche nelle sue novelle, ma certo non come una vera e propria presa di posizione. Del resto anche la sua improvvisa e certo non meditata adesione al fascismo del 1924, non aveva avuto successivamente alcun riflesso sulla sua opera anche al colmo della polemica personale nella quale lo scrittore fu coinvolto. Si avverte invece nelle novelle della piú alta maturità un piú acuto e profondo sentimento di solitudine, di isolamento, e ne è testimonianza il trasparire di un dialogo interiore, di un interno monologare dello scrittore, un abbandono all'evocazione di stati d'animo, di momenti segreti, a volte appena trasposti in un personaggio che è già in se stesso un personaggio-io, un *alter ego* dello scrittore. Appunto in questa prospettiva, oltre a quelle sopra citate, vanno lette novelle come *Di sera, un geranio*, *Visita*, *Vittoria delle formiche*, *Quando si è capito il giuoco*, *Una giornata*, *La prova*, *La casa dell'agonia*, *La tartaruga*, *Il chiodo*, *Fortuna di essere cavallo*, composizioni narrative, racconti « aperti » dove Pirandello raggiunge spesso un alto livello di stile, di invenzione, di concentrazione lirica, diciamo quel respiro ambiguo della poesia che spesso sopravvive alla scomposizione del reale, alla disintegrazione del personaggio, alla polemica, al ragionamento.

I ROMANZI

Nella « storia » di Pirandello, cioè nel quadro di uno sviluppo ideologico e critico della sua personalità di intellettuale e di artista, i romanzi, cioè le narrazioni di piú vasto respiro, di piú complessa ideazione, di piú articolata struttura, difficilmente possono essere considerati come un capitolo a parte. Tutto nell'opera di Pirandello è intercambiabile, fungibile, trasferibile, e pur sempre nuovo e mutevole, soggetto a volte a strabilianti metamorfosi, ed anche i romanzi come le poesie, come i saggi, come le novelle, come le opere di teatro, si alimentano attraverso il flusso di una ininterrotta tensione meditativa che è altresí un fatto esistenziale, una complessa realtà autobiografica, che si manifesta soprattutto nella continuità di una correlazione tra Pirandello-uomo e Pirandello-artista, non affidata alla memoria ma piuttosto ad un rapporto dialettico, ad una sua posizione polemica verso la società e verso la vita, a un perenne dissidio di Pirandello con la storia.

Se nelle *Novelle per un anno* lo scrittore fissa i momenti particolari, i motivi e le scoperte della sua meditazione, traducendoli in personaggi e vicende non sempre immaginari, ma quasi sempre paradigmatici di una sua idea, di una sua interpretazione morale, ciascun romanzo può essere considerato come un incrociarsi di casi singoli omogenei tra loro in un piú organico tentativo di dare ad essi un significato complessivo sul piano critico e conoscitivo. Di organizzarli, in altre parole, ma sempre nel quadro di un *continuum* ideologico, cioè di quel polemico sentimento pirandelliano della vita che si identifica, in ultima analisi, col suo mondo poetico e con la sua stessa poetica. Ogni romanzo del nostro scrittore può essere considerato quindi come un vero e proprio « luogo dei punti » – per usare un termine matematico – nel quale si sviluppa una certa storia umana attraverso personaggi-emblemi, o attraverso immagini-racconto, o un organarsi di situazioni che talvolta possono apparire come vere e proprie rappresentazioni di categorie morali, di concetti. In altre parole, nel magmatico pullulare nella produzione pirandelliana di una vita che rifiuta ogni cristallizzazione, ma anche in un'assillante esigenza di riscoprire intuizioni e di svilupparle in modo diverso, di provare un diverso progetto, una soluzione in certo senso alternativa, suggerita anche da una straordinaria attitudine alla composizione e all'analisi, è il segreto della *ubris* pirandelliana, cioè dell'irrompere nell'opera di quel tanto di imponderabile, ed anche di irrazionale che è « il libero spontaneo movimento della forma » già teorizzato nel saggio *L'umorismo* la cui origine è la riflessione.

È il segreto altresí del perenne sperimentalismo pirandelliano, che è in stretta simbiosi con quel « senso artigianale » di cui parla Giovanni Macchia, nel suo saggio su Pirandello per la *Storia della letteratura italiana* diretta da Emilio Cecchi e da Natalino Sapegno (Milano, Garzanti, 1969, vol. IX, pagg. 441-492). Sperimentalismo non soltanto nel senso di una sperimentazione formale, di un adeguamento del mezzo tecnico alla materia trattata, di una riscoperta di moduli compositivi e di linguaggio, ma anche e soprattutto di una consapevole esplorazione dello scrittore in fondo a se stesso, di uno sviluppo di intuizioni; di un compenetrarsi di immagini e di concetti, di una composizione-distruzione quanto mai elaborata e complessa ad ogni sua nuova fase, ad ogni sua nuova impostazione.

Il Pirandello che rifiuta in sede teorica ogni tributo all'imitazione, al manierismo, rifiuta sempre altresí ogni istituzionalizzazione di una sua esperienza compositiva, di una sua poetica: il ritorno su taluni suoi temi, il trasferirsi da un'opera all'altra di immagini, personaggi, situazioni, concetti, rapporti dialettici, ha origine da una intensissima disponibilità del suo mondo, da una straordinaria facoltà di immaginare, ma anche e soprattutto, di individuare in ogni realtà il suo contrario, di proiettarla in un'altra realtà, nuova e diversa. Anche nei romanzi, come nelle novelle l'uomo pirandelliano è, come si è detto, l'uomo assolutamente « senza qualità », anzi lo è forse assai piú che non nelle novelle, nelle quali la rapida notazione dell'evento, l'arco breve del movimento narrativo possono esimere lo scrittore – come in effetti spesso lo esimono – da piú articolate motivazioni, e non è inutile aggiungere che se l'uomo pirandelliano « senza qualità » è ben lontano, sia pure su un piano sociologico, sia come personaggio in sé, da qualunque affinità con quell'Ulrich Anders, uomo dalle molte e ricche qualità, che è il protagonista di Robert Musil, è pur sempre un *Möglichkeitsmensch*, « un uomo la cui esistenza non è realtà effettiva ma pura possibilità », secondo la definizione di Ladislao Mittner in *Storia della letteratura tedesca* (Torino, Einaudi, 1971, pag. 1468), espressione in Musil, dell'ultima società asburgica, della Mittel-Europa e della sua crisi storica.

Lo è in Pirandello, come espressione appunto di un'altra crisi storica, quella dell'Italia post-risorgimentale di cui i suoi romanzi (e cosí le altre sue opere narrative e teatrali) ci offrono un angoscioso campione narrativo, e appunto per questo essi andrebbero riportati nel quadro di una « letteratura come storiografia ». Come tutti i grandi scrittori del decadentismo europeo, da Proust a Mann, da Kafka allo stesso Musil, da Joyce a Svevo, Pirandello nasce, come scrittore, sulla scia della crisi dei grandi miti dell'Illuminismo e della Ragione concepita come sistema, e vorremmo aggiungere sulla scia della crisi dei miti ottocenteschi, i miti di quel mondo, di quella società borghese, che in Italia fu la classe dirigente e l'elemento determinante del moto unitario risorgimentale, diventata quindi la classe egemone del nuovo Stato. Il che porta successivamente questa società borghese che pure ha dato al moto risorgimentale i suoi cospiratori, i suoi ideologi, i suoi combattenti, a chiudersi in se stessa, nell'antico vizio italiano del *particulare*, rifiutando sostanzialmente ogni contatto con le classi popolari ed anche ogni ricambio con le medesime, affidando sostanzialmente la gestione del potere alle oligarchie politiche, burocratiche, militari, che le fornivano le vecchie strutture dinastiche settentrionali e meridionali, poste ormai a guardia della conservazione di un sistema solo apparentemente e teoricamente « liberale », ma in sostanza autoritario e tipicamente castale e piú tardi, dopo il fallimento delle oligarchie liberali, alimentando, insieme ai relitti di queste ultime, e col loro tramite, il fascismo.

Negli anni settanta dello scorso secolo, gli anni della prima formazione di Pirandello, la spaccatura è già visibile sia in senso orizzontale tra un Centro-Nord già in una fase di sviluppo di tipo europeo (e tuttavia con profonde e non di rado angosciose contraddizioni sociali e culturali nel suo stesso sviluppo), e il Sud in condizioni di sfruttamento pressoché colonialistico, sia in senso verticale, nella profonda frattura tra gli strati sociali, nella persistenza di un mondo subalterno. « ... Il governo dell'Italia unita – ha scritto lo storico inglese Denis Mack Smith, acuto studioso di problemi italiani, in *Storia d'Italia dal 1861 al 1958* (Bari, Laterza, 1959, pag. 181) – continua ad essere in sostanza la stessa oppressiva congiura dei ricchi a danno dei poveri, dei potenti a danno dei deboli, e... la polizia, lungi dal proteggere la società, era quasi a volte la sua nemica ». La « provincia » di Pirandello, l'immensa provincia che perde alla fine i suoi connotati particolaristici e topografici (pur conservando sempre come impronta originaria l'insopprimibile matrice girgentana, per universalizzarsi e storicizzarsi a tutti i livelli), si evidenzia in questa spaccatura verticale e orizzontale che passa attraverso la società italiana, e questo spiega come il « borghese » Pirandello abbia dato l'avvio al suo lavoro di narratore e di drammaturgo partendo, diremo, sul piede del verismo naturalista, cioè dall'unico modello che in quel momento poteva offrirgli gli strumenti per l'esplorazione di quella sua particolare « provincia », cioè di un mondo che è in certo senso « dentro di lui » e nel quale egli si riconosce, pur ponendosi sin dal suo esordio in posizione polemica nei suoi confronti.

Si spiega cosí una certa impronta naturalistica delle prime novelle e dei primi romanzi, come *L'esclusa* e *Il turno*, impronta naturalistica che ha altresí un suo riscontro anche nella prima parte de *Il fu Mattia Pascal*, ed affiora in altre narrazioni, forse assai piú come estremo tributo ad una formazione letteraria, a modelli e strutture narrative verghiane o capuaniane, che come adesione alla poetica del naturalismo stesso. Sia nei due primi romanzi, che, a maggior ragione, ne *Il fu Mattia Pascal*, è già presente in modo evidente quella « dialettica dei contrarii » che sarà il nerbo del saggio *L'umorismo* e pressoché di tutta la poetica di Pirandello.

L'esclusa

La riflessione pirandelliana penetra sin dalle prime pagine dell'*Esclusa*: la squallida cena di casa Pentàgora dopo la scoperta del presunto adulterio di Marta Ajala, moglie di Rocco Pentàgora, una scena apparentemente impersonale all'estremo secondo i canoni del verismo, con la grottesca apparizione della signora Epponina, detta Popònica,

> « coi capelli color tabacco di Spagna, unti non si sa di qual manteca »,

e con l'accentuazione pressoché farsesca, nell'invettiva del vecchio Pentàgora, sul tema di un destino, per gli uomini della famiglia, ad esser traditi dalle mogli.

Vi si avverte subito tuttavia una già pirandelliana frantumazione della realtà, attraverso la quale personaggi e situazioni rivelano nella stessa disarticolazione reciproca, una realtà illusoria e « diversa » di cui sono vittime e strumenti.

La dissoluzione pirandelliana del naturalismo è un dato che si acquisisce nella stessa situazione di base di un romanzo come *L'esclusa*, scritto in una sua prima versione nel 1893, pubblicato otto anni piú tardi e riapparso non senza varianti nelle successive edizioni: Marta è condannata innocente da suo marito, che l'ha sorpresa mentre ella legge una lettera inviatale da un ammiratore, Gregorio Alvignani, notabile della città e deputato, aristocratico intellettuale, e la rinvia per questo alla casa di suo padre. Ma è condannata da suo padre stesso, che, come il marito, le rifiuta ogni difesa dalla pubblica opinione della piccola città siciliana dove è nata e vive, che la isola, la respinge, le vieta ogni attività, la dileggia pubblicamente, in nome di un esteriore e automatico moralismo, di un onore familiare ferocemente esclusivista che assimila la fedeltà coniugale alla « roba », ai beni, al patrimonio, e fa della donna l'oggetto di un cieco puritanesimo di tipo mediterraneo, carico di ipocrisia al limite di un ottuso farisaismo laico.

Marta Ajala è « innocente » proprio sul piano dell'atto non compiuto, dell'adulterio non consumato per tener fede ad una sua « parte » assegnatale nel contesto sociale in cui vive. Dopo la morte del padre, il quale, dopo lo scandalo, si è isolato in un suo furente e doloroso complesso di autodistruzione, dopo la rovina della famiglia, quando si rende conto di essere del tutto emarginata, accetta l'aiuto dell'Alvigiani che la sistema a Palermo insieme alla madre e alla sorella che le sono rimaste vicine, come insegnante in un collegio, e alla fine cede, senza amore, alla corte del suo protettore. Ma proprio ora, il marito, guarito da una grave malattia, corre da lei, per riconoscere la sua innocenza e chiederle di tornare con lui. Ma Marta, incinta dell'Alvigiani, rifiuta di tornare con Rocco, e medita, sia pur riluttante, il suicidio. Proprio sul letto di morte della madre di lui, ella confessa al marito di essersi data all'Alvigiani, ma ora Rocco non sa piú rinunciare a lei.

La situazione pirandelliana si manifesta qui in una duplice tensione di contrarii: Marta è condannata dal marito, dal padre, dall'opinione pubblica quando è innocente; quando invece è « colpevole », viene assolta dal marito e sarà riaccolta in seno alla comunità. Nella constatazione dunque di un assurdo perenne dell'esistenza, di una sottile casistica della colpa in un rapporto tra sentimenti ed esigenze della società, Marta è essenzialmente nello stesso alveo di Hester Prynne, l'eroina della *Lettera scarlatta* di Nathaniel Hawthorne. Non sono poche le affinità tra i due personaggi, anche se essi appartengono a contesti storici e umani cosí diversi. C'è già nelle due donne qualcosa di comune nello splendore fisico, nella esuberante presenza erotica, che pone Marta in un particolare rilievo su tutto il suo mondo, sia su quello dei Pentàgora, personaggi muscolari, nevrotici, ma sostanzialmente impersonali, sia nei confronti della sua stessa famiglia, e cosí pure con lo sfondo girgentano – mediocre anche fisicamente, nelle persone, quasi umoristico – del suo dramma. Cosí quasi cancellate da un lungo retaggio di pregiudizi, incapaci di ogni reazione, sono la madre e la sorella di Marta. Di fronte a Marta, l'Alvigiani, intellettuale, « uomo di qualità » non senza un sottofondo estetizzante, finisce con lo scolorirsi, e ne traspare forse, a leggere tra le righe, una vera e propria insufficienza erotica: si può persino pensare che la riluttanza di Marta a concedersi a lui sia dettata piuttosto che dalle remore morali di una educazione cattolica, dalla consapevolezza da parte di Marta stessa di questa inadeguatezza. Se risponde alle sue lettere è solo per un giuoco intellettuale, per una prova di se stessa. Gli si dà infatti piú tardi non per amore o per trasporto fisico, ma quasi per gratitudine, e soprattutto perché convinta di non aver altra via di uscita. L'innocenza di Marta è nella distanza psicologica che la separa dall'Alvigiani, mentre l'Hester di Hawthorne è in partenza non innocente, cioè estremamente consapevole di un suo stato di peccato. Marta (ancorché « cattolica » su un piano di formazione) non è nemmeno sfiorata dal dubbio di una infrazione alla legge divina: i suoi pentimenti dopo la caduta inevitabile non sono di cattolica contrizione, bensí quasi di dispetto per quanto è avvenuto, per essersi lasciata vincere e trascinare, una reazione di orgoglio, dunque.

Tuttavia sia Hester che Marta si trovano nella stessa situazione dopo lo scandalo: se la prima è come invischiata in un dramma teologale, in una sorta di sacra rappresentazione nella quale ella stessa ha una precisa funzione in certo senso edificante, Marta è libera subito dopo lo scandalo da ogni peso morale. Ma sia l'una che l'altra affrontano a testa alta, con la loro stessa presenza fisica, con lo splendore della persona, i « fossili resti » del piccolo universo bostoniano o girgentano che le assediano, un assedio di fantasmi. Sia l'una che l'altra reagiscono con uno straniamento assoluto all'assalto. Ambedue accettano la « parte » loro assegnata da una legge morale irrigidita nella forma. In certo senso i due scrittori le hanno adattate ad essa: Hawthorne come elemento dell'allegoria di un mondo ancora impregnato di medioevo trapiantato sulle rive di un continente in parte inesplorato, Pirandello in una sua metafora laica, esistenziale, senza speranza di riscatto.

Se è giusto, del resto, considerare *L'esclusa* come un romanzo di impianto (ma certo non di sviluppo) naturalista, è errato, a nostro avviso, considerare Marta Ajala come un personaggio da sistemare in una casistica del naturalismo. Anche se non è ancora catalogabile sotto la dimensione dell'« uomo pirandelliano », Marta è già in modo non equivoco un personaggio pirandelliano: in certo senso si prefigura in essa la Figlia dei *Sei personaggi* o la Ersilia Drei di *Vestire gli ignudi*, creature che nascono dall'impatto tra una ragione illusoria e l'impulso vitalistico, se si vuole, ma modernissimo, del suo umorismo. Pirandello stesso rivendicherà la qualità estremamente « umoristica » (cioè il fondamentale realismo di base) di questo suo primo romanzo, che ormai va riletto come premessa dell'evoluzione antinaturalistica del suo successivo lavoro di narratore e di drammaturgo, nel quale egli porrà in atto con sempre piú consapevole chiarezza quel processo di disintegrazione di quei fossili residui di un suo universo originario, saremmo per dire istituzionale, proprio il suo mondo di borghese siciliano, anzi girgentano.

Una tale evoluzione antinaturalistica è strettamente legata all'autobiografia pirandelliana, al suo sicilianismo di base, sul quale egli opera con l'arma dialettica del « sentimento del contrario », e si accentua nei successivi romanzi *Il turno*, nel quale l'impianto naturalistico non è mai del tutto sopraffatto dalla carica disgregatrice dell'umorismo, e certamente il risultato complessivo è assai inferiore a quello del primo romanzo, mentre raggiunge ne *Il fu Mattia Pascal* il suo momento piú alto, il definitivo punto di rottura e insieme piú ricco di possibilità di sviluppo.

Il turno

Tema comune dei tre romanzi, legato intimamente al mondo della provincia siciliana, è quello del matrimonio, della famiglia come microcosmo, come forma esteriore della rispettabilità sociale, dietro la copertura di sentimenti a volte illusorii, a volte condotti al limite di un mendace parossismo, un groviglio di passioni e di interessi frequentemente sordidi, di consuetudini, di egoismi, nel quale si dibattono i personaggi.

Nel romanzo *Il turno* la situazione umoristica centrale traspare nel titolo stesso, nell'allusione all'attesa obbligata alla quale è costretto il giovane Pepè Allitto, nobile ma poverissimo, per poter impalmare la ragazza, di cui è innamorato, Stellina, che il padre di lei Marcantonio Raví ha invece promesso al vecchio, malato, ma ricchissimo Diego Alcozér: quando il marito di lei sarà morto, Pepè potrà sposare a sua volta la donna amata, divenuta erede del patrimonio dell'Alcozér. Il vecchio, già al terzo matrimonio rivela presto una salute a tutta prova, e l'impaziente ragazza si lascia persuadere dall'invadente e prepotente avvocato Ciro Coppa, marito della sorella di Pepè, da anni malata, ad intentargli una causa di nullità, che l'avvocato vince. Ma non è ancora venuto il turno di Pepè, perché nel frattempo, morta la moglie, l'avvocato Coppa riesce a convincere Stellina a sposarlo, ma, geloso e collerico com'è, muore poco dopo d'infarto, durante un processo in tribunale. Arriva cosí, finalmente, il turno di Pepè: insieme alleveranno i figli di primo letto di Ciro, nipoti dello stesso Pepè e figliastri di lei. Assai piú che un vero e proprio romanzo, e non solo per l'esigua estensione, *Il turno* può essere inserito nel quadro della novellistica pirandelliana, e di quella in modo particolare di ispirazione e di ambiente siciliano, e infatti della novella ha il taglio, la struttura, la concentrazione attorno a un tema centrale, a un microcosmo ben delimitato nei personaggi e nell'ambiente, non senza un suo meccanismo ragionativo e dimostrativo, con accentuazioni dialogiche paradossali e grottesche che rivelano un loro sottofondo dialettale. Un « imbroglio » di provincia, vorremmo aggiungere, al quale non manca una certa teatralità espressionistica di base, su uno dei temi, come dicevamo, piú frequenti nella novellistica pirandelliana: quello del rapporto coniugale come forma esteriore, come cardine illusorio della società, che si ritroverà in una prospettiva ben altrimenti drammaticamente « umoristica » in un romanzo come *Il fu Mattia Pascal*.

Il fu Mattia Pascal

Anche Mattia Pascal, narrante in prima persona, è all'origine un pirandelliano « uomo senza qualità », appena un nome:

> « Una delle poche cose, anzi forse la sola ch'io sapessi era questa: che mi chiamavo Mattia Pascal. E me ne approfittavo ».

Nasce in una poco credibile Miragno, sulla costa ligure, una ubicazione puramente di comodo, attraverso la quale traspare il mondo, l'ambiente di Girgenti. Figlio di un capitano di mare, arricchitosi in parte con traffici marittimi, ma soprattutto per una grossa somma vinta una notte a Marsiglia: possedevamo terre e case, scrive Mattia Pascal; ma morto assai presto il padre, la madre, cattiva amministratrice, nonché i due figli Mattia e Berto, affidati ad un pittoresco e piuttosto ignorante precettore di nome Pinsone, scioperati e imprevidenti, si lasciano derubare di tutto da un rapace amministratore, Malagna, riducendosi in povertà. Essi odiano il Malagna, ora ricco ai loro danni, ma non sanno fare a meno di lui, e particolarmente Mattia, il piú vitale ed estroso tra i due fratelli, che nel piccolo mondo della loro città non tralascia occasione per colpire in qualche modo il suo avversario, ma sempre su un piano di beffa, di divertimento alle sue spalle. Dopo la morte della moglie che non è riuscita a dargli un figlio, da lui ardentemente desiderato, il Malagna, tanto piú ora che è diventato ricco, ossessionato dal pensiero di non avere eredi e forse pure dalla voce che circola in città di una sua incapacità a procreare, si è portato in casa, serva e amante, e poi moglie, una giovane rigogliosa contadina, Oliva, che pensa atta a far figli. Nel tempo stesso frequenta la casa della cugina, la vedova Pescatore, avida e aspra donna che ha una bella figlia, Romilda, di cui è a sua volta innamorato lo sciocco Pomino, amico e un po' succube di Mattia e di Berto, il quale chiede a Mattia, che impetuosamente accetta, di aiutarlo. Ma avvicinata Romilda per conto di Pomino, è preso dal fascino della ragazza e la fa sua. Quando si scopre che Romilda è incinta, Malagna, con l'assenso della vedova Pescatore, offre di adottare il bambino, che sarà poi suo erede, trovando un modo anche per capovolgere le dicerie del pettegolezzo cittadino nei suoi confronti. Mattia ha una relazione anche con Oliva, ed anche la moglie di Malagna è incinta di lui, e il marito ne esulta nella convinzione di essere lui il padre, ed ora che ha raggiunto questa sua aspirazione non adotta il bambino che nascerà da Romilda, la quale sarà sposata da Mattia.

Sino a questo punto la storia è quella, non diversamente dalla vicenda de *Il turno*, di un « imbroglio » di provincia, con in piú un personaggio centrale, del tutto nuovo e diverso, Mattia. Egli si ritrova infatti non soltanto ad aver tradito la fiducia dell'amico Pomino, e ad aver assecondato le ambizioni dell'odiato Malagna, ma ormai prigioniero di una tumultuosa e umiliante situazione di famiglia sottoposto com'è ai continui rimbrotti e ricatti di una suocera infernale, presso la quale, essendo ormai ridotto in condizioni di miseria, è costretto ad abitare insieme alla moglie, sciatta e sfiorita dopo aver dato alla luce due gemelle. Il buon Pomino, il cui padre è assessore comunale alla pubblica istruzione, riesce a farlo assumere come bibliotecario della Biblioteca Boccamazza, una strana biblioteca senza lettori, dove il nuovo bibliotecario a sessanta lire mensili deve anzitutto dedicarsi alla caccia di topi che la infestano, « grossi quanto un coniglio », ma che diventa il suo rifugio dall'inferno casalingo al quale è condannato. Delle due gemelle che Romilda ha messo al mondo, una muore subito dopo il parto, l'altra quasi dopo un anno, e per giunta lo stesso giorno muore anche la madre di Mattia. Sopraffatto dal dolore per la duplice perdita, egli fugge; con cinquecento lire che gli ha mandato in quei giorni il fratello, pensa di imbarcarsi a Marsiglia per l'America, alla ventura, ma poi, scoraggiato dai suoi precedenti fallimenti, cambia idea e si ferma a Montecarlo, dove vince alla roulette, come spinto dal « sentimento di una forza quasi diabolica », una somma piuttosto alta per quell'epoca, ottantaduemila lire, quanto gli sarebbe bastato per pagare i debiti e riscattare qualche proprietà della famiglia. Ma acquistato un giornale, alla prima stazione italiana, nel viaggio di ritorno, legge la notizia del suo suicidio: un cadavere ritrovato in stato di avanzata putrefazione nella roggia di un mulino già di sua proprietà, è stato riconosciuto da Romilda e dalla madre di lei, per quello del rispettivo marito e genero Mattia Pascal.

Mattia apprende dunque di esser morto, o meglio di non aver piú un nome, sepolto ormai col cadavere trovato nella roggia. È dunque un altro, e assume a caso un nome, Adriano, e un cognome, Meis, e cerca anche di modificare i suoi stessi connotati, adottando occhiali colorati e riducendo la barba foltissima. Cerca anche di creare per questo Adriano Meis un passato. Ma Adriano Meis non è che un « uomo inventato », e manca, alla sua invenzione, quel tessuto reale di rapporti umani che ogni vita si forma nell'atto stesso di viversi, le fila di un complicatissimo intrico che Adriano Meis deve riannodare soltanto con la fantasia, cercando di captare, nel corso di un anno di vagabondaggi, dalla vita degli altri quanto potesse servire per costruire e dare un senso alla « sua ».

La crisi tuttavia sopravviene quando Adriano Meis decide di fermarsi a Roma, prendendo dimora presso un ex funzionario statale, Anselmo Paleari, messo a riposo anzitempo da caposezione, che ora si dedica a studi teosofici e ad esperimenti di spiritismo. Abitano insieme al Paleari la giovanissima figlia Adriana, pia e gentile fanciulla, e il genero di lui, Terenzio Papiano, vedovo di un'altra figlia, losco personaggio di cui è succuba un'altra pensionante, la signorina Caporale maestra di pianoforte, che dice di esser *medium* e si presta alle sedute organizzate dal Paleari. Ad essa il Papiano è riuscito a carpire una somma che non intende restituirle, come non intende restituire al Paleari medesimo la dote della figlia, cercando di sposare, ora, l'Adriana, della quale il Meis è subito innamorato; Adriana sembra lo ricambi, ma la sua mancanza di uno stato civile gli impedisce di dichiararle i suoi sentimenti, almeno in un primo tempo (e gli impedisce altresí di denunciare il Papiano che lo ha derubato di una parte del suo denaro). Il *fu* Mattia è ancora una volta nell'imbroglio, e non piú in un imbroglio di provincia, ma in un imbroglio piccolo borghese romano, che ha anche riflessi politici, perché il Papiano è il segretario di un aristocratico napoletano legittimista borbonizzante e lo introduce nell'ambiente e negli intrighi di cui è partecipe, mentre le letture teosofiche e ultrafaniche alle quali è persuaso dal Paleari, gli rivelano una quasi-analogia della sua attuale condizione di morto-vivo con quella dei morti veri, com'è ipotizzata dagli autori di quei libri che il suo padrone di casa gli fa leggere: egli il *fu* Mattia, ora Adriano Meis, è un morto che si illude di vivere ancora.

In questo groviglio di contraddizioni lo pseudo Adriano deve convincersi di essere fuori dalla vita: il suo travestimento di morto-vivo poteva durare come una sorta di ebrezza sino a che non si fossero riallacciate attorno a lui « le fila recise » della vita, come si era proposto all'inizio della sua avventura. È il momento piú drammatico ed anche il piú alto del romanzo, quello dove la spoglia di se stesso che è Adriano Meis deve rendersi conto della solitudine alla quale è inesorabilmente condannato. Al *fu* Mattia Pascal, ossessionato ormai dall'impossibilità di vivere per se stesso, non rimane che ritornare ad essere Mattia Pascal uccidendo proprio quell'Adriano Meis al quale aveva affidato la speranza di una sua illusoria evasione, di una sua unica possibile libertà. E lo fa inscenando il suicidio del suo simulato *alter ego* nel Tevere, e facendo poi ritorno, redivivo, o meglio mai morto, a Miragno dove l'imbroglio familiare già in atto prima del suo « suicidio », ha già creato una nuova paradossale complicazione. Romilda, infatti, ufficialmente vedova di Mattia, ha sposato Pomino ed ha avuto una figlia da lui. Secondo la legge dovrebbe essere valido il primo matrimonio e Romilda tornare con lui, ma Mattia rinuncia a far valere i propri diritti: accetterà anzi il fatto compiuto del secondo matrimonio della moglie, ma resterà a Miragno, ospite di una vecchia zia, passando i suoi giorni nella biblioteca municipale insieme a don Eligio Pellegrinotto, nominato bibliotecario dopo la sua scomparsa, e andrà qualche volta a deporre un fiore sulla tomba dove giace l'ignoto suicida che è stato sepolto come Mattia Pascal.

Anche se la vicenda sembra avere una sua conclusione pressoché farsesca, e in certo senso fittizia, forse è questo l'unico modo nel quale Mattia può aver conquistato una sua libertà interiore di personaggio, come scrive Giacomo Debenedetti in *Il romanzo del Novecento* (pag. 317) « in disponibilità, che ignora il quid piú profondo e originario di se stesso », la « specifica vocazione della sua energia vitale ».

In questo Mattia è indubbiamente un esemplare, al di fuori di ogni qualificazione sociologica, di quel tipo umano che abbiamo detto essere l'« uomo senza qualità » di Pirandello, diverso dal suo omologo musiliano che ha invece un suo spessore nella vita sociale e pur estraniandosi dalle ragioni e dalle pulsioni dei suoi contesti operativi, ne raccoglie quelle che Pirandello stesso chiamerebbe « le fila », e in certo senso le storicizza. Al contrario l'uomo pirandelliano è sempre fuori dalla storia, anche se, come Mattia Pascal, non fa che storicizzare se stesso, o meglio storicizzare la sua assenza dalla storia. Mattia è già in partenza « personaggio in cerca d'autore » in lotta contro mostri e mulini a vento. Si può aggiungere che Mattia Pascal è ormai l'esemplare paradigma di quella disintegrazione del personaggio che Pirandello porrà in atto nelle sue opere successive di narratore e di scrittore di teatro; confluiscono già in lui i loro motivi essenziali: il perenne istinto di fuga da se stesso, l'impossibilità di « consistere », di avere non soltanto un nome, ma una fisionomia certa per sé e per gli altri, l'ininterrotta attitudine a diluirsi in una folla di altri da sé, a vestirsi e svestirsi di panni altrui, il senso della morte non come fine ultimo, come unica mèta esistenziale, ma come esperienza continua. C'è in Mattia il primo avvertimento dell'impulso vitalistico e irrazionalistico pirandelliano. Vorremmo aggiungere che ne *Il fu Mattia Pascal* si avverte (e forse non senza un riflesso autobiografico) anche il punto di sutura tra i due *habitat* geografico-storici dell'ispirazione di Pirandello, quello regionale, tipicamente siciliano e addirittura girgentano e una certa squallida Roma piccolo-borghese alla quale non manca peraltro una connessione autobiografica.

Suo marito

Un'altra *animula*, un altro personaggio di uomo senza una sua consistenza, è il protagonista di *Suo marito* apparso con tale titolo nel 1911 e piú tardi, completamente rimaneggiato, nel 1937 col titolo *Giustino Roncella nato Boggiolo*, ambedue i titoli allusivi della situazione del suo protagonista, marito, pressoché sprovvisto di ogni interesse culturale e di ogni preparazione letteraria, di una nuova scrittrice, Silvia Roncella, che passa di successo in successo. Modesto impiegato degli archivi di Stato, Giustino si occupa della « carriera » della moglie sul piano amministrativo e delle pubbliche relazioni: diviene il suo agente, il suo amministratore. Finisce cosí con l'immedesimarsi nella parte, e col sentirsi indispensabile. Cosí pure non si rende conto di quelli che sono i rapporti, le affinità, le repulsioni che si sviluppano nell'interno della società letteraria: la moglie si allontanerà sempre piú da lui e, dopo la morte del loro bambino, lo lascerà per sempre. Assai piú che « uomo senza qualità », Giustino Boggiolo potrebbe essere definito uomo senza dimensione, mentre è forse personaggio a una sola dimensione la moglie di lui, Silvia, la timida giovane provinciale dotata solo di un istintivo talento narrativo e drammatico, che si lascia prendere e fagocitare, anche sul piano dei sentimenti, dalla società letteraria nella quale è entrata pressoché riluttante sulla scia dei suoi primi successi, anche per incitamento del marito. Ella si lascia coinvolgere in uno scandaloso episodio che tuttavia acuisce l'interesse verso la sua persona e verso la sua opera, mentre Giustino vede crollare tutto il suo castello di carte al quale è ormai affidata la sua stessa identità, che coincide ormai con quella che i maligni personaggi del mondo letterario che si muovono attorno a Silvia gli hanno affibbiato: « Giustino Roncella, nato Boggiolo ». Il romanzo verte appunto tutto sulla condizione umoristica nella quale si trova al centro non tanto Giustino, quanto Silvia, personaggio in certo senso enigmaticamente pirandelliano.

Anche qui lo sfondo è una Roma fine Ottocento-primo Novecento, nella quale Pirandello penetra col solvente acutissimo della sua ironia. Non è la Roma piccolo-borghese dei Paleari, dei Papiano, di Adriano Meis, verso la quale l'ironia dello scrittore, riesce a trovare, forse nel fondo della sua stessa esperienza, un minimo di pietà: nella Roma intellettuale, o para-intellettuale che si muove attorno a Silvia Roncella e a suo marito, Pirandello penetra alla ricerca di una stortura, di una smorfia, di un segreto angoscioso, di una contraddizione morale. Anche qui, dietro quella Roma borghese, falsamente intellettuale, quasi mimetizzata da una sorta di rituale mondano (è in certo senso il rovescio della Roma vista da D'Annunzio), non si può non avvertire il disprezzo del provinciale Pirandello, formatosi, come si è già detto, nel clima di una tradizione familiare risorgimentale, per la classe dirigente della nuova Italia piú volte da Pirandello stesso fatta segno di dissenso polemico.

I vecchi e i giovani

Di uno stato d'animo di rifiuto e di protesta esplicitamente meridionalista e regionalista, è in gran parte espressione il terzo romanzo di Pirandello *I vecchi e i giovani* apparso nel 1908. Il mondo di Pirandello vi confluisce anzitutto come riverbero di esperienze autobiografiche e formative: vi è in certo senso trasposta la giovinezza dello stesso scrittore, nel sentimento di un legame profondo con la sua terra e con la sua gente, una immedesimazione con la storia di un popolo e col dramma siciliano visti sui diversi piani della vita locale, ma non senza connessioni con i problemi di tutto il paese. Forse assai piú che negli altri romanzi e nelle novelle vi si avvertono notevoli residui di inflessioni naturalistiche e tracce evidenti della formazione positivistica di Pirandello stesso. Il romanzo riverbera grandissima parte dell'esperienza giovanile dello scrittore (quasi tutti i personaggi hanno un riscontro nella vita locale ed anche nella rete dei rapporti familiari dei Pirandello e dei Ricci Gramitto), ma fa difetto tuttavia alla narrazione la tensione lirica della memoria, mancano, o sono troppo esigui, i nessi della realtà con quelle che possono essere le radici stesse dello scrittore, la testimonianza sia pur trasposta di un farsi della sua coscienza.

L'impegno di Pirandello era in sostanza quello di disegnare un grande affresco narrativo attraverso il confluire di diverse vicende, della situazione storica e degli eventi che ebbero luogo in Sicilia tra il 1890 e il 1894, gli anni culminanti delle rivendicazioni e delle agitazioni di cui furono protagonisti i Fasci Siciliani dei lavoratori, rivendicazioni e agitazioni che ebbero uno sviluppo insurrezionale al quale l'Italia ufficiale, sotto la spinta della destra economica e politica, riservò una spietata repressione militare e poliziesca. In particolare Pirandello mirò ad offrire nel romanzo la testimonianza di una doppia crisi, quella della generazione superstite del Risorgimento dimostratasi impari al compito di rinnovare le strutture della società italiana, di adeguarla agli ideali di progresso civile per i quali aveva combattuto, con alcuni dei suoi uomini sopraffatti dagli eventi, altri adattatisi a compromessi di potere, divenuti succubi e partecipi di oscuri interessi; e quella della generazione successiva, giovani o meno giovani, in rivolta contro la mediocrità dei loro padri e contro le manovre, le scandalose complicità affaristiche e amministrative nelle quali era ormai invischiata la prima generazione, ma anch'essa, la nuova, intaccata e corrotta dal tarlo dell'affarismo e del compromesso.

Tuttavia la contrapposizione non è del tutto schematizzata nel romanzo, ma tende piuttosto a rivelare un affievolirsi della coscienza civica, un cedimento non senza contrasti della vita morale collettiva e individuale: lo scrittore guarda nel fondo di questa trasformazione con l'occhio del suo tragico umorismo ponendo in luce il meccanismo segreto e le segrete contraddizioni dei singoli personaggi. Nel quadro, come dicevamo, di un dramma il cui sfondo è la città e la società di Girgenti, anche se qualche suo episodio si svolge necessariamente al di là delle mura cittadine, ma sempre in un ambito storico e ambientale girgentano, come il feudo di Colimpetra dove il vecchio principe Ippolito Laurentano, circondato da una piccola guardia in uniforme del disciolto esercito delle Due Sicilie, manifesta il suo attaccamento legittimista alla dinastia borbonica; o come il feudo di Valsanía, dove vive suo fratello Cosmo principe-filosofo, di inclinazioni politiche « liberali », che sta per fidanzarsi con Adelaide Salvo, sorella di un tipico rappresentante della nuova borghesia siciliana postunitaria, Flaminio, ricchissimo imprenditore di zolfare. O come Aragona, centro minerario, dove i minatori di zolfo sono in agitazione contro il Salvo, per reclamare migliori condizioni di vita e di lavoro, e l'imprenditore invia l'ingegnere di origini proletarie Aurelio Costa, direttore delle zolfare, di cui è segretamente innamorata Dianella, figlia di Salvo stesso, per chiedere interventi governativi, in missione a Roma presso il deputato girgentano Capolino eletto col suo aiuto. Ma la missione del Costa non ha esito: al suo ritorno il giovane affronta gli scioperanti inferociti dalla serrata disposta dal Salvo, e viene ucciso. Dianella perde la ragione. Da Roma fa ritorno, per organizzare da Girgenti la rivolta che dilaga ormai in tutta l'Isola, il figlio di Ippolito Laurentano, Gerlando (o Lando), giovane aristocratico intellettuale di sinistra in dissidio col padre. La sua presenza, le riunioni che egli tiene a casa dello zio Cosmo, con gli altri esponenti dei Fasci, turbano profondamente l'animo del vecchio servo e quasi uomo di fiducia del principe, Mauro Mortara, ex garibaldino, ancora imbevuto di ricordi e di passioni risorgimentali, di spirito « nazionale » e monarchico. Ossessionato dalle notizie sulla rivolta, il vecchio, ostentando le sue medaglie e armato delle sue armi di un tempo, va ad affrontare i rivoltosi, ma è ucciso per errore, nella repressione, da una scarica di fucileria dei soldati del re. Patetica figura, alla quale Pirandello affida in gran parte la testimonianza di un suo disdegno ottocentesco sul quale operano diverse componenti e sollecitazioni talvolta in contrasto tra loro: il duro giudizio sulla classe politica, sulle mediocri e corrotte classi dirigenti dell'Italia unita, di quella borghesia della cui crisi è in certo senso lo specchio tutta la sua opera narrativa e teatrale.

Per questo la fine di Mauro Mortara ne *I vecchi e i giovani* ha senza dubbio un risvolto tragicamente umoristico, che sottintende il dissenso di Pirandello per l'atrocità della repressione indiscriminata disposta dallo Stato italiano sotto il pungolo della « nuova classe » protagonista del compromesso liberale e dinastico che aveva soffocato le istanze rivoluzionarie del Risorgimento. È indubbio che Pirandello come artista e come intellettuale abbia piena coscienza di questa situazione storica, ma è indubbio altresí come egli non sappia uscire dalle contraddizioni di fondo che sono all'origine della sua formazione, quella soprattutto che pone in contrasto la sua protesta civile e meridionalista con il trovarsi inserito, a causa delle sue stesse radici di borghese girgentano, in una mentalità e in un contesto di interessi (ed anche di valori, o pseudovalori), dall'altra parte della barricata dei Fasci. Qui è appunto quel tanto di ambiguo che impedisce a un romanzo come *I vecchi e i giovani* di realizzarsi pienamente, mentre si realizzano pienamente altre opere pirandelliane, dove non sopravviene la censura interna che nasce appunto da quelle radici. Forse appunto per questo un romanzo come *I vecchi e i giovani*, la cui stesura è successiva a *L'esclusa* e soprattutto a *Il fu Mattia Pascal* lascia trasparire non pochi ritorni a cedimenti di tipo naturalista e verista.

Manca nel romanzo una compenetrazione tra memoria e realtà, anche se talvolta si traspone in talune situazioni e in singoli personaggi una testimonianza di vita vissuta.

Ma un senso di angosciosa oppressione è anche nella vicenda dei Del Re e degli Auriti, in certo modo parallela a quella del tema principale del romanzo sul quale si muove il gruppo Laurentano-Salvo, gruppo che tuttavia si riconnette per molte e complesse circostanze di parentele e anche di riflessi di contrasti politici e sociali (gli Auriti rappresentano nel romanzo la borghesia progressista, o meglio di vocazioni riformatrici, ma tali essenzialmente per tener fede a un retaggio risorgimentale, a quel Risorgimento deluso che è al centro della polemica di Pirandello): è una Laurentano donna Caterina Auriti, madre di Roberto Auriti, il candidato alle elezioni per il collegio girgentano battuto dal Capolino esponente della consorteria conservatrice, il quale dopo la sconfitta si trasferisce a Roma, dove è coinvolto nello stesso scandalo bancario che travolge politicamente il primo ministro siciliano Francesco d'Atri, uno dei superstiti della generazione risorgimentale, di cui Pirandello (adombrando in essa la figura di Francesco Crispi) fa una sorta di eroe politico, tradito dagli intrighi e dai compromessi della classe dirigente, dal gioco di interessi e di potere, ma anche, probabilmente, da una propria radicale incapacità di dominare l'intricato groviglio della situazione politica italiana, le complesse forze che vi si muovono. Anche l'eroe politico rivela la struttura tipica dell'« uomo senza qualità » di tipo pirandelliano, e va aggiunto che del medesimo tipo sono altri personaggi del romanzo dalla parte di Pirandello cioè personaggi ai quali lo scrittore affida la testimonianza riflessa di suoi momenti e passioni.

Non c'è dubbio che lo scrittore sia stato condotto, nella ideazione e nella creazione del romanzo, da un acuto interesse politico, che tuttavia si attenua nella struttura della narrazione, perdendo di compattezza e di profondità, risolvendosi in singole *tranches de vie* nelle quali prevale, come sempre nella narrativa pirandelliana, il gioco scenico, il pre-teatro di alcune novelle dove Pirandello muove i suoi personaggi come su una immaginaria scenografia espressionista. È inutile aggiungere che se è sincero e profondo il suo dissenso con la classe dirigente dell'Italia «liberale», e se è senza equivoci la condanna, su un piano di esplicita polemica meridionalista, nei confronti di un sistema corrotto e corruttore, Pirandello non riesce ad immedesimarsi del tutto nella situazione storica. Tuttavia *I vecchi e i giovani* nell'economia generale dell'opera pirandelliana rappresenta una sorta di testimonianza complessiva di un suo rapporto viscerale con la Sicilia e col perenne dramma siciliano.

Quaderni di Serafino Gubbio operatore e *Uno, nessuno e centomila*

Anche se scritti in tempi diversi, due romanzi come *Quaderni di Serafino Gubbio operatore* e *Uno, nessuno e centomila*, coincidono per l'epoca dell'elaborazione finale: il primo apparve a puntate nella sua redazione iniziale nel 1915 nella rivista *Nuova antologia* col titolo *Si gira* e nel 1925 in volume in una edizione del tutto rielaborata; il secondo, pensato e in parte scritto nel 1912, lungamente elaborato negli anni successivi, apparve nel 1926 a puntate ne *La Fiera letteraria* e nel 1932 in volume. Ma i due romanzi sono legati tra loro dal segno di una evoluzione non tanto dell'ideologia pirandelliana, quanto e soprattutto dell'uomo pirandelliano, nella fase dell'estrema dissoluzione di ogni connotato naturalistico, sino all'estremo di una sua spersonalizzazione. Il Serafino Gubbio dei *Quaderni* è l'uomo « senza qualità » pirandelliano che finisce con l'identificarsi con la macchina da presa, anzi con un suo meccanismo, al centro di una vicenda nella quale finzione e rappresentazione della realtà si accavallano e si compenetrano l'una con l'altra, e che al culmine della tragedia di cui è stato testimone si reclude nel silenzio, avendo perduto, per l'improvviso trauma, l'uso della parola; in *Uno, nessuno e centomila,* Vitangelo Moscarda, anch'egli narrante in prima persona, approda a una sorta di assoluto straniamento dalla vita, e da se stesso prima che dalla vita. Sia nell'uno che nell'altro romanzo le vicende si dipanano attraverso una catena di causalità che ha origine da un momento singolo e apparentemente pressoché senza importanza, un caso estremamente futile e saremmo per dire irrilevante.

Tutta la vicenda dei *Quaderni* trae origine dall'incontro alla stazione di Roma di Serafino Gubbio, giovane napoletano alquanto sbandato, con un amico da molto tempo perduto di vista, il bizzarro erudito e « filosofo » cagliaritano Simone Pau, « uomo di costumi singolarissimi e spregiudicati ». Si lascia convincere da lui ad andare a dormire nel suo albergo, che è poi una sorta di ospizio di mendicità tenuto da suore, dove avranno luogo alcuni incontri fondamentali della sua vita. Lo spunto (ma non si tratta soltanto di uno spunto, cioè di un'occasione qualsiasi, bensí di un vero e proprio evento esistenziale) che apre *Uno, nessuno e centomila* è anch'esso estremamente futile: Dida, moglie di Vitangelo Moscarda, gli dice un giorno, scherzosamente, che il naso di lui « pende » a destra ed egli se ne persuade guardandosi allo specchio: non lo sapeva ma è cosí: da qui incomincia l'inchiesta di Vitangelo sulla sua identità.

Non si tratta di un dato somatico, di un connotato, ma di una presa di coscienza in Vitangelo o addirittura di una sua « epifania » nel senso joyciano del termine. Come è in fondo icasticamente epifanica la sequenza di fatti narrati nel primo *Quaderno* di Serafino: il presentarsi a lui di personaggi abnormi dopo i due paragrafi in certo senso introduttivi, il discorso (immaginario) di Serafino con un signore che ha i connotati di Pirandello stesso, il quale gli domanda, non essendo egli, quale operatore cinematografico, che « una mano che gira una manovella », se non potesse quella mano essere soppressa e sostituita da un meccanismo. È una domanda che offre a Serafino l'occasione di un discorso estremamente ironico e significante. Moscarda in *Uno, nessuno e centomila* apre la serie delle casualità che determineranno la sua vita, dalla constatazione che il suo naso è qualcosa di diverso da quello che lui stesso credeva, provocando una sorta di riesame di se stesso e della sua posizione nel mondo, del suo stesso esserci; o meglio, avendo constatato attraverso una rapida inchiesta in città di essere « un altro », non soltanto per sua moglie, ma altresí per tutti coloro che lo conoscono, che lo vedono ciascuno a suo modo, si persuade di non essere nessuno, nemmeno per se stesso. Si pone cosí il problema di esser solo, ma solo in modo « affatto insolito, nuovo ». Lui stesso si domanda se questo può essere un primo segno di pazzia. Può essere, si risponde, teorizzando quindi una condizione di assoluta estraneità da se stesso. Incomincia cosí per Vitangelo Moscarda quell'« inseguimento dell'estraneo » che lo condurrà all'estremo del suo straniamento da se stesso e dalla vita, una serie, diremmo, di distacchi che dipendono tutti da un sofisma iniziale, inseriti in una progressione immaginativa pressoché surreale, una sorta di metamorfosi distruttiva.

Diversi come meccanismo narrativo e saremmo per dire come strumentazione, anche se il sottotitolo di *Uno* presenta qualche analogia con quello dei *Quaderni*: *Considerazioni di Vitangelo Moscarda, generali sulla vita degli uomini e particolari sulla propria, in otto libri*, i due romanzi coincidono non soltanto in una cosciente « cosalizzazione » (non sapremmo definirla altrimenti) dei loro protagonisti, ma anche e soprattutto in un certo sottofondo magico-surreale che è nel rapporto dei protagonisti stessi con la società, piú esplicito forse nei *Quaderni* nei quali il sofisma di base è tra l'altro meno evidente. I *Quaderni* puntano essenzialmente sul romanzesco: al loro centro è la *vamp*, l'attrice Vera Nestoroff, di origine russa, dietro la quale si muovono le varie confluenze del cinema muto, una certa galanteria internazionale, il sesso e l'industria, la macchina come anticipazione di una crisi dell'uomo; c'è una certa Roma, nella cui filigrana è qualcosa della Roma di Mattia Pascal, con un vario incrociarsi di intrighi, al cui fondo si intravedono molte e diverse componenti, anche politiche; tutto confluisce verso un epilogo clamorosamente romanzesco: l'atroce scena nella quale l'attore Aldo Nuti, il quale in certo senso ha acquistato la parte di un cacciatore, in India, prima riservata ad un altro, nella gabbia camuffata da giungla, invece della tigre uccide con una fucilata per vendetta la bellissima attrice, che guarda la scena dal di fuori, ed è sbranato a sua volta dalla tigre inferocita, mentre Serafino, nella stessa gabbia, apparentemente impassibile ma terrorizzato, gira tutta la scena. Il trauma dell'insostenibile tensione gli toglierà poi per sempre la parola. Il magico surreale, non senza una prospettiva scenografica e teatrale, è invece sin dall'inizio nella vicenda di Serafino, nell'incontro, anzitutto, alla stazione di Roma col tenebroso Simone Pau, spiritato e zazzeruto filosofante; poi nello squallido ospizio di mendicità. Un luogo in certo senso kafkiano, che ricorda stranamente consimili antri praghesi o della immaginaria America. Qualcosa di kafkiano è altresí in tutta l'atmosfera del romanzo, negli incontri che Serafino ha nell'ospizio.

L'altro incontro determinante di Serafino è quello con la *troupe* cinematografica della Kosmograph capeggiata da Nicola (Cocò per gli amici) Polacco, amico dei bei tempi napoletani, con la felina Varia (poi Vera, in arte) Nestoroff, già famosa nell'ambiente della colonia russa di Napoli, passata da un amante all'altro ed ora divenuta la prima attrice della Kosmograph, ancorché senza talento, dopo essere stata protagonista di scandali nella *haute* napoletana: per lei infatti si è ucciso il giovane amico di Serafino, Giorgio Mirelli, già suo fidanzato, dopo che la donna è diventata l'amante del giovane aspirante attore, di nobile famiglia, Aldo Nuti. Aldo respinge con orrore la Nestoroff, ma non riesce piú a fare a meno di lei, e quando costei, trasferitasi a Roma, diventa attrice della

Kosmograph, fa di tutto per esservi assunto, ma la donna è ora l'amante di un sanguigno attore siciliano, Carlo Ferro. La Nestoroff è una sorta di *belle dame sans merci*, dalla prorompente carica erotica, modellata in certo senso sulle sconvolgenti eroine del cinema muto non senza radici romantico-sadiane. Serafino va a trovare alla Kosmograph l'amico Polacco per avere notizie della Nestoroff, che vi spadroneggia protetta com'è da un grosso azionista della produzione. Polacco fa assumere Serafino come operatore, e il giovane in poco tempo arriva ad apprendere tutti i segreti del mestiere, ed anche a rendersi conto del groviglio di contrasti e di interessi di cui è al centro il banale supercolosso *La donna e la tigre*: Aldo Nuti che compera un pacchetto di azioni della casa cinematografica per farsi assegnare la parte del cacciatore, mentre Serafino stesso si innamora di Luisetta, giovane attrice esordiente, figlia di un ex ufficiale medico, Cavalena, che ora lavora come soggettista alla Kosmograph. Serafino e Nuti abitano come pensionanti in casa del Cavalena, ma Luisetta è innamorata del Nuti e lo cura amorosamente durante una sua malattia.

Tutto confluisce verso il dramma finale con una sorta di crescendo narrativo dove l'azione romanzesca è sempre pirandellianamente sottolineata dall'analisi dei fatti e dei sentimenti, da un loro continuo raffronto nelle chiavi di una implacabile dialettica corrosiva. La Kosmograph vi ha la funzione di una sorta di concentrato universo, quasi un meccanismo alienante, se si vuole, un universo concentrazionario, dove l'uomo massificato finisce col perdere ogni autonomia, e Serafino ne è l'impassibile storico. Tornando al discorso su ipotizzabili affinità kafkiane esse sono, ovviamente, del tutto casuali: quasi impossibile, infatti, che Pirandello possa aver avuto notizia tra il 1912 e il 1925 dello scrittore praghese e della sua opera, anche se non è improbabile che di Kafka egli abbia sentito parlare e letto dopo il 1925, nel corso dei frequenti viaggi in Germania, dove ebbe certamente contatti con letterati e uomini di cultura. Non si dimentichi a questo proposito che Pirandello era un perfetto conoscitore della lingua tedesca, e non è difficile, quindi, che filtri, o meglio suggestioni, kafkiani vadano cercati nell'ultima novellistica pirandelliana. Non è improbabile che tuttavia possano essersi sviluppati sul filo di un'inclinazione espressionistica affiorante in modo particolare, ma non esclusivamente, nella tipologia della narrativa e del teatro pirandelliani, di piú diretta ispirazione popolare. Va aggiunto che tematiche e motivi di tipo kafkiano possano essere penetrati altresí nell'alveo dell'irrazionalismo pirandelliano, a mano a mano che lo scrittore si libera degli ultimi residui naturalistici o di una resa naturalistica del suo mondo, per approdare talvolta a un certo esoterismo pressoché misteriosofico, né è inutile ricordare a questo punto la componente magica e scritturale nell'ispirazione di Kafka. Sono appunto i diversi livelli su cui si sviluppa la macchina narrativa dei *Quaderni*, a suggerire l'idea di questa affinità, livelli che non si rivelano come una vera e propria simmetria architettonica, ma piuttosto come espressione di un'impossibilità per la vita di consistere in una forma: si veda il convulso dipanarsi della vicenda romana di Serafino e i frequenti *flashes-back* del narratore in una sua memoria napoletana, un mondo familiare di ricordi giovanili di Serafino, quasi l'evocazione di un paese dell'anima.

Quanto a *Uno, nessuno e centomila*, il carattere stesso di *roman philosophe* del racconto, la sua sostanziale impostazione dialettica, rendono forse meno evidente lo svolgersi di linee analogiche con i *Quaderni di Serafino Gubbio*, prima tra tutte l'idea di una casualità che presiede inesorabilmente ai destini umani, il dipanarsi l'una dall'altra delle apparenze che costituiscono il tessuto della vita sociale, la derisoria instabilità dell'esistere. Alla totale reificazione di un Serafino Gubbio, impassibile strumento della macchina, che serve solo a registrare una labile e mutevole finzione della vita, corrisponde la cosciente nullificazione della propria vita alla quale Vitangelo Moscarda perviene attraverso una serie di casi non meno romanzeschi di quelli di Serafino. Analogie probabilmente non senza un riverbero autobiografico, almeno sul piano di una pirandelliana « riflessione » sulla vita, sugli uomini, sulla società dal profondo dell'esperienza stessa dello scrittore, della sua osservazione, di suoi interiori disaccordi, dissidi, dissociazioni. In questo senso Serafino Gubbio e Vitangelo Moscarda, come pure il loro consanguineo Mattia Pascal, inventano se stessi nei termini di un memoriale nel quale registrano la progressiva distruzione di un mondo fatto di anteriori ed esteriori certezze. La loro è una registrazione impassibile e distante, ma nello stesso tempo capziosa e infedele.

> « C'è un *oltre* in tutto. Voi non volete o non sapete vederlo »,

scrive, rivolgendosi ai suoi lettori (ai suoi giudici?), Vitangelo quasi all'inizio del suo memoriale.

> « In astratto non si è. Bisogna che si intrappoli l'essere in una forma, e per alcun tempo si finisca in essa, qua o là, cosí o cosí. E ogni cosa, finché dura, porta con sé la pena della sua forma, la pena d'esser cosí e di non poter essere piú altrimenti. »

La ricerca di Serafino, e cosí quella di Vitangelo, ha appunto per fine l'*oltre*, l'abisso che è al di là della realtà, ha per fine cioè lo spazio, l'avventura dell'assurdo. In questo è probabilmente il segreto dell'inverosimiglianza pirandelliana anche in romanzi, novelle, commedie, dove è evidente un impianto ed anche una certa struttura di tipo naturalistico, cioè rispondente a una *mimesis* verista. Nei *Sei personaggi* il Padre dice al Capocomico:

> « Oh, signore, lei sa bene che la vita è piena d'infinite assurdità, le quali sfacciatamente non han neppure bisogno di parer verosimili; perché sono vere ».

E aggiunge:

> « Dico che può stimarsi realmente una pazzia, sissignore, sforzarsi di fare il contrario; cioè, di crearne di verosimili, perché pajano vere. Ma mi permetta di farle osservare che, se pazzia è, questa è pur l'unica ragione del loro mestiere ».

La vera pazzia è dunque per il personaggio pirandelliano voler mettersi sul registro della verosimiglianza. La pazzia, cioè l'inverosimile è per Pirandello la sola ragione dell'arte. Appunto per questo l'inverosimiglianza, cioè la non rispondenza a taluni stereotipi, a talune contiguità di eventi, a taluni rapporti di causa ed effetto del cànone verista, non è in Pirandello un fatto casuale, ma è una condizione mentale, e saremmo per dire un'arma con la quale Pirandello medesimo aggredisce quell'impianto, quelle strutture di tipo naturalistico, scoprendone l'*oltre*, il diverso, l'assurdo, il negativo, il relativo. L'arma, in altre parole, con la quale Pirandello aggredisce il sistema di segni col quale si esprime il mondo della razionalità ottocentesca e borghese, il suo linguaggio di cose e di eventi, le sue superstrutture mentali e morali. All'interno del personaggio naturalistico, e spesso umoristicamente naturalistico, Pirandello (come pure Svevo anche se su un diverso piano di civiltà e di costume) opera una sua indagine conoscitiva che lo porta subito alla scoperta di traumi e di distorsioni che pongono il personaggio stesso in una particolare situazione di crisi: sin dalla sua apparizione egli subisce una deformazione iniziale che in certo senso sovraccarica la sua tipicità naturalistica e la fa diventare pressoché una parodia di se stesso: il racconto dei suoi casi, o la loro connessione con le situazioni di base di una qualsiasi vicenda, è sempre in funzione di una affabulazione dimostrativa o comunque emblematica di un'idea astratta. In questo appunto Pirandello è scrittore « filosofico » cioè portato a inventare situazioni e personaggi paradigmatici che egli lascia vivere in modo autonomo in funzione di quell'idea, apologhi e fantasmi, in altre parole, di un'esistenza illusoria.

È il caso, nei *Quaderni di Serafino Gubbio, operatore*, del violinista-barbone incontrato dal protagonista narrante nell'ospizio: la sua funzione nell'economia della narrazione è pressoché irrilevante sino al momento della scena finale girata nella finta giungla della Kosmograph, quando il cacciatore deve affrontare la belva: è affidata alla sua bravura di musicista la creazione di un'atmosfera atta ad alimentare la tensione degli attori (egli continuerà a suonare anche quando esploderà la tragedia *vera*, l'*oltre* dalla finzione predisposta dal copione, come Serafino continuerà a girare la scena nonostante l'orrore da cui è pervaso). Ma sin dall'inizio egli è la figura emblematica del crepuscolo dell'artista nel mondo moderno e della sua traumatica alienazione in una società dominata dagli automatismi della macchina, anzi della morte dell'arte. E forse per questo Pirandello racconta tutta la vicenda degli errori e dei fallimenti del violinista stesso quasi come un racconto a parte nel corpo del romanzo. Il fatto è che a Pirandello non interessano in alcun modo la misura e la giusta cadenza degli eventi nelle sue narrazioni o nel suo teatro, ma piuttosto il loro significato. Manca quasi sempre a Pirandello una prospettiva sociologica o storiografica: il suo senso della realtà, della storia, della vita associata, è puramente polemico, ma appunto per questo autentico, e corrisponde altresí a uno stato d'animo genuino dello scrittore, da questo trasferito nel personaggio che è la sua stessa proiezione, non di rado su un piano di apparentemente paradossale personificazione, o meglio di una non meno paradossale conversione scenica del personaggio stesso, di una sua vera e propria teatralizzazione.

IL TEATRO

Si inserisce a questo punto il problema del teatro di Pirandello che è il momento culminante della sua ispirazione di artista, e forse pure di una crisi esistenziale di cui l'uomo-Pirandello è in certo senso il protagonista. Momento culminante che occupa e domina l'ultima parte dell'alta maturità dello scrittore, anche se non si può affermare che il teatro rappresenti da un punto di vista diacronico una « terza fase » della sua esperienza: prima la poesia, quasi come espressione di un giovanile émpito di pensieri e di fantasie, poi la narrativa come espressione di una maturità ricca di problemi e di scoperte nel tessuto dell'Esistenza, infine il teatro come *summa* di tutta l'esperienza letteraria, come drammatizzazione e personificazione della sua interpretazione del mondo e della vita. Il che è per lo meno inesatto anche se corrisponde a un'idea piuttosto diffusa dell'attività o della « carriera » letteraria dello scrittore. A meno che non si tratti di testimonianze piú o meno agiografiche (ma il fatto che questa circostanza sia ricordata nella biografia di Gaspare Giudice ci offre sufficienti garanzie di autenticità), il teatro, come già si è detto, appare nella prima adolescenza di Pirandello, che rappresentava in casa, insieme ai fratelli, commedie e tragedie da lui stesso scritte, di cui si è perduta ogni traccia; e tentativi teatrali appaiono tra i dati biografici di Pirandello giovanissimo studente universitario a Palermo e a Roma, tentativi anch'essi andati del tutto perduti. Non soltanto per lunghi anni l'attività di narratore si è accompagnata con quella di scrittore di teatro, ma occorre ricordare altresí (e lo abbiamo posto in rilievo piú volte nelle precedenti pagine) la stretta connessione e il costante ricambio di temi e di intuizioni tra la novellistica e il teatro pirandelliano, cosí da farci ipotizzare le *Novelle per un anno* come una sorta di « deposito » di casi, di vicende, di situazioni, di dialoghi, di personaggi, una sorta di *block-notes* o, se si vuole, di zibaldone di pensieri da cui lo scrittore potesse attingere, come di fatto attingeva, per le opere di teatro o di piú estese opere narrative.

A questo punto non si può non ricordare ancora una volta la stretta interdipendenza sul piano di un comune coerente sviluppo, di tutta l'opera di Pirandello, *work in progress* nel suo complesso quante altre mai. Comunque anche in questa interdipendenza, in questo incessante filtro di idee, di temi, di intuizioni, di immagini-racconto e di immagini-ricordo, in questo trasferirsi di eventi, situazioni, atmosfere psicologiche dall'una all'altra opera, in questo carattere proteiforme, in questo « farsi » continuo è il segreto non soltanto della modernità della sua opera, ma altresí di una sua perenne novità e vitalità sotto le piú diverse prospettive, al di là di quella che può essere la situazione storica o ideologica, il variare del costume, dei moduli di linguaggio e del rapporto tra l'uomo e la società. Il teatro non rappresenta, dunque, una « svolta », una sorta di riconversione nella storia dell'opera di Pirandello, ma piuttosto il coerente approdo del suo sviluppo. Certo una teatralità di base si avverte sin dall'inizio del suo lavoro di scrittore, dalle prime poesie giovanili; non soltanto per una certa connaturata drammaticità della sua indole, ma anche, e soprattutto, per una qualità allegorica e metaforica del mondo poetico di Pirandello sin dalle sue origini, alla quale corrisponde un farsi, un costruirsi perenne dell'uomo pirandelliano.

La teatralità di Pirandello si manifesta, anche e soprattutto, nella logica straniante del personaggio, « dando vita volontariamente e coerentemente, a un'astrazione, facendole produrre effetti concreti e rendendo efficace l'illusionismo... », cosí scrive Guido Guglielmi nel saggio *Le allegorie di Pirandello*, in *Ironia e negazione* (Torino, 1974, pag. 131) a proposito di un personaggio chiave del teatro pirandelliano come Baldovino, protagonista della commedia *Il piacere dell'onestà*. Ma si tratta, inutile aggiungerlo, di una teatralità presente in tutta l'opera di Pirandello e in modo particolarissimo nelle novelle che sono una sorta di *préalable* del teatro, ma che nel teatro si concreta direttamente, sia pure in forma di esistenza illusoria. In questo senso, appunto, l'uomo pirandelliano è sempre « personaggio in cerca di autore », cioè personaggio di un'opera da scrivere, in perenne formazione, o di una commedia della vita nella quale egli può essere uno, come nessuno, come centomila, a seconda del punto di osservazione e della disposizione dello spettatore, o dell'autore, o dello stesso personaggio. Nel teatro, come nelle novelle, e cosí nei romanzi, circola la stessa folla di uomini, donne, ragazzi, spiritati e stravolti, « avvolti in casi strani da cui non trovano piú modo a uscire », « la gente piú scontenta del mondo », come lo stesso Pirandello scrisse nella prefazione ai *Sei personaggi*, veri e propri fantasmi, condannati, tuttavia, a vivere, ad « esistere », a « consistere » in una forma.

Nella drammaturgia pirandelliana il problema del personaggio si identifica essenzialmente con una sorta di materializzazione dell'astratto, del pensato o, meglio ancora, del pensabile. Questo avviene in gran parte anche nella narrativa e saremmo per dire nella stessa poesia in versi, ma non si può non ricordare come il personaggio pirandelliano sia per sua stessa natura personaggio da teatro, e non soltanto per una certa discorsiva eloquenza che lo contraddistingue, ma soprattutto per essere affidata la sua realizzazione ad una maieutica particolarissima: quel personaggio nasce quasi sempre da un dibattito, da uno scontro dialettico, ed anche da una stortura mentale, da un sofisma, ma quasi sempre, anzi sempre in modo assoluto, la stortura mentale, il sofisma diventano azione cioè dramma, quando non accade, come in *Sei personaggi*, come in *Enrico IV*, come in *Cosí è (se vi pare)*, come in *Questa sera si recita a soggetto*, come in *Vestire gli ignudi* che l'azione, non diversamente dalla drammaturgia clas sica o dalle sacre rappresentazioni del teatro medioevale, preceda il dramma, cioè che tutto sia compiuto già al momento nel quale si leva il sipario; e il dramma è quasi sempre dibattito su quanto è già avvenuto, che ora rivive quasi come sua proiezione e personificazione dialettica.

A questo punto ci sembra necessario chiarire la nostra affermazione che nella drammaturgia pirandelliana il problema dell'Esistenza si identifica con una sorta di materializzazione dell'astratto, del pensato, o meglio del pensabile. Al contrario di quella che sembra essere l'opinione di alcuni esegeti dell'opera pirandelliana, non si tratta, occorre dirlo, di un'evocazione in certo senso « spiritica ». Vero è che, in questi episodi, lo scrittore attingeva, a piene mani, come è stato scritto, dal libro di C. W. Leadbeater, uno dei teorici, con Annie Besant e con Allan Kardek, delle teorie teosofiche o ultrafaniche che ebbero una certa voga negli ultimi decenni dell'Ottocento e nei primi del Novecento, quasi come reazione al positivismo scientista o come ambiguo recupero esorcistico all'incubo di una non-sopravvivenza *post-mortem* (ambiguo se non altro perché rivendicava gli strumenti della scienza positiva al servizio di un mitizzante spiritualismo laico). Appunto per questo, Pirandello faceva scrivere al suo Mattia Pascal, in un brano della prima edizione del romanzo, poi espunto dalle successive,

> « che i pensieri e i desideri nostri s'incorporano in un'assenza plastica, nel mondo invisibile che ne circonda, e tosto vi si modellano in forma di esseri viventi... E questi esseri, non appena formati, non sono piú sotto il dominio di chi li ha generati, ma godono d'una lor propria vita, la cui durata dipende dal pensiero o dal desiderio generatore... ».

Difficile dire sino a che punto Pirandello condividesse queste ed altre teorie esoteriche piuttosto banali e fantasiose. È un fatto che egli le riporta quasi sempre in termini ironici e umoristici, com'è umoristico l'avvocato Zummo ne *La casa del Granella*, com'è umoristico il personaggio di Paleari, il mite ex funzionario spiritista del *Fu Mattia Pascal*, com'è sostanzialmente umoristica la composizione della biblioteca dello stesso Paleari, e cosí la seduta spiritica organizzata nella casa di lui, drammaticamente e umoristicamente pirandelliana, e peraltro teatralissima.

Egli tuttavia si serve di questo armamentario teosofico e ultrafanicó, da artista, e persino con una sua capziosa improntitudine che ne pone in luce l'ambiguità e l'assurdo, il che tuttavia non gli impedisce di trasferire estremisticamente questa bizzarra fantasia esoterica sul piano di una fenomenologia del personaggio *in fieri*, o meglio del personaggio che « si fa » una sua autonoma esistenza. Altro e di ben altra credibilità, è il suo approdo, se pur vi fu, nel teatro dei Miti, a un certo spiritualismo che forse coincide con l'esigenza interiore di ricostruire taluni valori assoluti della vita, dopo la distruzione di quelli di una certa centralità razionale dell'uomo ipotizzato dal naturalismo. Altro, potremmo aggiungere, è l'irrazionalismo pirandelliano che non si pone alcun traguardo nel soprannaturale, ma punta piuttosto ad interpretare l'oscuro groviglio delle nostre contraddizioni, l'ambiguo gioco di forze che nasce dal diverso modo di vedere gli altri in noi stessi e noi stessi in loro, di inventare noi stessi negli altri. Altro è persino un suo innegabile gusto dell'esoterico e del magico, che coincide molto spesso con quella eredità misteriosofica delle civiltà mediterranee, che ha lasciato orme profonde nello spirito popolare siciliano, certamente lo strato piú antico e piú vitale della formazione dello scrittore, lo strato dal quale si sprigionano le intuizioni, le immagini-ricordo, le « epifanie » che alimentano la sua ispirazione. Materializzazione dell'astratto, del pensato, del pensabile, dunque, come elemento di base della drammaturgia pirandelliana, non come evocazione ectoplasmatica del personaggio; ma piuttosto come « doppio », come costruzione dal di dentro, alla quale concorrono e si integrano tutti questi elementi, come sistema di segni, quindi, espressione di quella « inverosimiglianza » pirandelliana che è invece, come abbiamo detto, l'espressione della realtà perennemente mutevole e sconvolgente dell'esistenza.

Non a caso la vocazione teatrale di Pirandello appare gia tra il 1892 e il 1893, a margine di una prima attività di narratore, con l'atto unico *L'epilogo* (che vedrà la luce soltanto nel 1898), pressoché coeva, probabilmente, alla stesura del suo primo romanzo *Marta Ajala*, pubblicato nel 1901 col titolo *L'esclusa*. Non a caso l'esordio di questa vocazione teatrale coincide con la pubblicazione della prima raccolta di novelle *Amori senza amore* (1894), e inoltre con l'ideazione e la stesura dei *Dialoghi tra il Gran Me e il piccolo me* tra il 1895 e il 1896, che sono il primo tentativo di costruire logicamente una teoria del « pirandellismo » in certo senso in anticipo su quella che sarà la grande avventura creativa e conoscitiva del teatro di Pirandello. Non a caso le prime prove teatrali del nostro scrittore sono rielaborazioni sceniche quasi in forma di apologo (come *La morsa* del 1898, *La ragione degli altri* del 1899) di novelle. E saranno egualmente rielaborazioni sceniche di novelle o di episodi di romanzo i testi teatrali successivi, come *Lumie di Sicilia* rappresentata nel 1910, *Pensaci Giacomino* e *Liolà*, ambedue del 1916, nonché *Il berretto a sonagli* del 1917 (ma tutti con una elaborazione anteriore certamente lunga e complessa) suggeriti dal mondo provinciale siciliano, non senza profonde venature dialettali che ne fissano in certo senso la tipicità dialogica, il sottofondo di intensi umori popolareschi. Testi, tuttavia, nei quali i temi fondamentali dell'ispirazione pirandelliana sono appena sfiorati, né è ancora esplicita la frattura con la concezione naturalistica del personaggio, frattura che risulta in modo evidente ed in termini estremamente perentori in un romanzo come *Il fu Mattia Pascal*, scritto e pubblicato, come è noto, a puntate (sulla *Nuova Antologia*), nel 1904, e del 1909 è la novella *Stefano Giogli, uno e due*, che anticipa i temi di *Uno, nessuno e centomila*, romanzo che è, in certo senso, il riepilogo di tutta la produzione creativa di Pirandello e in modo particolarissimo della tematica del suo teatro.

In altre parole sono testi anteriori, e non solo in senso diacronico, della vera e propria rivoluzione pirandelliana del teatro che ha il suo punto culminante in *Sei personaggi in cerca d'autore* e in *Enrico IV*, rappresentati rispettivamente nel 1921 e nel 1922, ma come anticipazioni di temi e di motivi che saranno condotti piú tardi al limite di rottura. Al limite di rottura è già una commedia come *Cosí è (se vi pare)*, rappresentata nel 1917, tratta anch'essa da una novella: *La signora Frola e il signor Ponza, suo genero*. Cosí *Il piacere dell'onestà* (1917), *Il giuoco delle parti* (1918), *L'uomo, la bestia e la virtú* (1919), *Come prima meglio di prima* (1920), *La signora Morli una e due* (1920), un gruppo di testi dai quali traspare chiaramente la presenza di un comune nucleo ispirativo, metafore o apologhi, quasi sempre, di un'impossibilità da parte del personaggio di conoscersi e di riconoscersi in un nome, in una fisionomia, in un'opinione degli altri, in una impossibile pietà di se stesso e dei propri simili, nell'impossibile evasione da una realtà frusta, e nello stesso tempo implacabile pur in una sua incomponibile dissociazione. Commedie di enigmi nel denso strato delle convenzioni borghesi nelle quali si dibattono personaggi che recitano una loro « parte » piú o meno obbligata a seconda dello strato sociale al quale appartengono, una « parte » che è già teatro nel teatro, come quella della moglie in *Cosí è (se vi pare)*, personaggio-maschera di un'esistenza che si elide dalla propria realtà per vivere in quella che gli altri vogliono sia e forse pure nella follia degli altri. O anche, come il raziocinante Baldovino de *Il piacere dell'onestà*, il quale appunto nella maschera di una onestà che non gli compete, ma che egli si impone imponendo di stare al giuoco proprio a coloro al cui servizio è entrato nell'intrigo di un falso matrimonio, di rispettarne tutte le regole come lui stesso le rispetta; sino a che non è sopraffatto dai sentimenti, in altre parole non è ripreso dal magma di un perenne muoversi e fluire della vita, che lo costringe a gettare la maschera, cioè la forma assunta e a ritornare ad essere se stesso.

Drammi o commedie della rispettabilità borghese, nel quadro di quella *comédie humaine* che nelle *Novelle per un anno* delinea il primo grande e composito affresco della società italiana tra gli ultimi dell'Ottocento e i primi decenni del nostro secolo, la commedia di un'immensa provincia italiana che da Girgenti si proietta e si identifica in una Roma burocratica, professorale e piccolo-borghese, universalizzandosi attraverso la fantasia di Pirandello in casi e personaggi innumerevoli, in una sorta di campionario umano gesticolante e raziocinante. Lo sono altresí gli altri testi di questo primo approccio di Pirandello col teatro, di questa vera e propria scoperta o riscoperta del teatro, come *Il giuoco delle parti, L'uomo, la bestia e la virtú, La signora Morli una e due*: la prima nelle chiavi di una tragica farsa, la seconda e la terza in quelle di un irridente umorismo; il cui tema, come pure delle altre commedie di questo primo periodo, è sempre quello delle forme illusorie di un'onorabilità sociale e familiare, che si maschera a seconda delle circostanze, creando non di rado un'assurda rete di complicità e di inganni.

Testi, tuttavia, che, come dicevamo dianzi, lasciano trasparire la presenza di una superstite impronta naturalistica, sia pure già insidiata alla base dalla pirandelliana « dialettica dei contrarii », che si avvale non di rado, specie in testi di ambiente siciliano, del sofisma e del paradosso, tipici elementi di una certa caratterizzazione o accentuazione espressionistica, assai piú che non dell'analisi e della scomposizione del mondo psicologico e morale del personaggio, che affranca il Pirandello maggiore da ogni residuo naturalistico. Sofisma e paradosso sono alla base, infatti, di commedie come *Pensaci Giacomino*, come *Liolà*, come *La giara*, come *Il berretto a sonagli*, tra le piú imbevute di motivi popolari siciliani, o anche di altre dove si riflette piú acutamente il sicilianismo di base insito in tutta l'opera di Pirandello, spesso anche in opere narrative e teatrali ambientate fuori della Sicilia. Il sicilianismo non va inteso infatti solo come elemento folkloristico, come « sicilitudine », ma anche e soprattutto come stratificazione culturale e come dimensione storica. Appunto il dato del sofisma, che può essere anche (e lo è quasi sempre) un atteggiamento mentale deteriore, sul quale fanno presa tradizionalmente i vizi congeniti del potere in Sicilia, fondati spessissimo, come è noto, sul giuoco sofistico di distinzioni e di deduzioni astratte, su falsi concetti. Leonardo Sciascia, che conosce assai bene gli aspetti piú enigmatici del mondo siciliano, individua una vera e propria « struttura mafiosa » in un personaggio come il già citato Baldovino, protagonista de *Il piacere dell'onestà*, una commedia tra le piú imbevute di logica sofistica del teatro pirandelliano (cosí appunto nel suo intervento « Dialettalità di Pirandello » al Congresso internazionale di studi pirandelliani del 1961 a Venezia, ora raccolto in *Atti*, Firenze, Le Monnier, 1967).

Un'impronta naturalistica è accentuata altresí dal travestimento espressionistico della tipologia in un testo come *L'uomo, la bestia e la virtú*, nel quale si sviluppa l'imbroglio familiare del « triangolo » borghese tradizionale, moglie-marito-amante. I liberi incontri tra i due amanti favoriti dalle lunghe assenze di un marito scapestrato capitano di mare, pochissimo incline, quando è a casa, ad intimi rapporti coniugali, sono in pericolo per l'improvviso suo ritorno. La donna è incinta dell'amante, e dovrà, con la complicità di quest'ultimo, per evitare lo scandalo, far di tutto per farsi possedere dal marito stesso. Situazione da commedia degli equivoci, tuttavia carica di amara *suspense* pirandelliana talvolta tesa addirittura allo spasimo.

Come nella narrativa (e in modo particolarissimo nelle novelle), nel teatro di Pirandello l'alternarsi di tensioni lirico-drammatiche a tensioni di un comico espressionisticamente grottesco, rivela spesso l'insorgere di un sottofondo psicologico di vita popolare anche in vicende di ambiente borghese con situazioni a volte imprevedibili, e spesso in un amaro clima di angoscia. Evocazioni, in altre parole, che nascono dalla « intemperante prontezza visionaria di Pirandello – come scrive Giacomo Debenedetti in *Il romanzo del Novecento* (Milano, 1971, pag. 307) –, portata a personificare tutto, a vedere ogni spunto, ogni movimento come personaggio... ». È il caso della ossessiva apparizione di Madama Pace nei *Sei personaggi*, apparizione epifanica, nel senso joyciano di questa espressione, cioè come « comunicazione dell'essenza » o della « quiddità » di una persona, di un oggetto, di una situazione; la rivelazione, in altre parole, di stati d'animo profondi in un'esperienza anteriore di chi vi partecipa.

È il caso appunto della doppia vita, di una vita che si scorpora da se stessa per ripetersi in un'altra, per mascherarsi in un'altra identità, della commedia che ha per titolo *Come prima meglio di prima*, tratta dalla novella *La veglia*: Fulvia accetta di tornare nella casa del marito, illustre chirurgo ma turpe erotomane, il quale l'ha salvata quando ella ha tentato di suicidarsi, dopo anni di lontananza durante i quali la donna è passata da un amante all'altro, ma a patto che per la figlia Livia ora diciottenne, alla quale era stato fatto credere che la madre era morta, ella sia Francesca, una seconda moglie di lui. Ma la ragazza concepirà un odio implacabile per questa matrigna dai capelli tinti di rosso, una usurpatrice del posto che fu già della madre. Invano Fulvia tenterà di ammansirla:

Livia indagherà su questa pseudo-Francesca e scoprirà che non esiste un atto di matrimonio tra lei e suo padre, quindi è una donnaccia, e non è sua sorella la bambina ora nata da lei, ma una bastarda. Fulvia si ribella: rivelerà la verità alla figlia, e lascerà di nuovo il marito, con la neonata sulla quale riversa ormai tutta la sua carica di maternità per seguire un suo ex amante che è venuto di nuovo a cercarla. Anche qui il groviglio pirandelliano si inserisce su una tematica tardo-romantica e positivista, non senza qualche riflesso ibseniano e strindberghiano (il motivo della turpitudine sessuale del marito, quello della doppia evasione di Fulvia dalla prigione delle convenzioni borghesi dietro le quali ripiega invece l'uomo cinico e vizioso). Tuttavia, come ne *Il fu Mattia Pascal*, è proprio il tema di una identità fittizia del personaggio, che il personaggio stesso si crea per continuare a vivere, il suo riversarsi in un altro. Anche qui la maschera, il sacrificio da parte di Fulvia della sua personalità, è l'elemento dirompente estremamente pirandelliano della commedia, e cosí risponde alla carica visionaria dell'inverosimile pirandelliano il pullulare nella commedia stessa di apparizioni pressoché fantomatiche e grottesche di personaggi come la zia Ernestina, che fa quasi da *trait d'union* tra le due esistenze di Fulvia, o come il maestro di musica Cesarino Rota e sua moglie Barberina, come la governante di Livia, Betta, come il Mauri, bizzarro musicista ex magistrato, amante scatenato di Fulvia.

Sei personaggi in cerca d'autore

È forse insondabile da quale sottosuolo della coscienza di Pirandello, da quali suoi inferni personali, risalgano i sei larvali personaggi che appaiono, mentre si sta per iniziare la prova di una commedia nuova, sul nudo e vuoto spazio del palcoscenico di un teatro, all'inizio dei *Sei personaggi in cerca d'autore*. Essi, tuttavia, proprio da quel sottosuolo, da quegli inferni, traggono la loro vita: esistono in quanto è già prefissato il loro destino di personaggi di fantasia: il loro dramma è già avvenuto in una dimensione temporale e spaziale pressoché metafisica, quasi in una sorta di pre-universo platonico (non si è ancora sondato a sufficienza su quelle che possono essere le radici platoniche o platonizzanti della « filosofia » di Pirandello: il tema è stato peraltro sfiorato da alcuni degli esegeti piú aggiornati della sua opera; è probabile si tratti di una sorta di platonismo di base, forse filtrato da sempre nello spirito siciliano, una profonda radice culturale, dunque) dal quale l'artista riceve le idee e le immagini che animano le sue idee. Essi, quei larvali personaggi, chiedono agli attori non soltanto di indossare le loro maschere, ma addirittura di identificarsi nella loro tragedia e di farli vivere, sia pure in una mera finzione iterativa, ma senza residui, di trasferirsi in essa (anche nel senso di un *transfert* freudiano), cioè nella « commedia da fare », come « l'unica *loro* realtà ». In altre parole di inverarsi in una realtà piú vera di quella effettuale, la realtà della creazione artistica: « Quando un personaggio è nato – dice il padre – acquista subito una tale indipendenza anche dal suo stesso autore, che può essere da tutti immaginato in tant'altre situazioni in cui l'autore non pensò di metterlo, e acquistare anche, a volte, un significato che l'autore non si sognò mai di dargli ».

Il mistero della creazione artistica è dunque alla base di questa « commedia da fare », e insieme il mistero di un teatro come vita che vada al di là del « caso » singolo, della singola vicenda del personaggio e della stessa immaginazione dello scrittore, che diviene soltanto un tramite, o, se si vuole, un mediatore tra diversi modi di esistere, tra il mondo dell'immaginazione e quello della realizzazione; in altre parole l'autore è una sorta di demiurgo che proietta il dramma dei personaggi dal mondo immobile della forma su quello in perenne movimento della vita, cioè dell'opera che si crea. A questo punto nasce il problema dei personaggi di questa commedia, di quella che è la loro consistenza sul piano dell'esistere: non sono infatti pure astrazioni, anzi vengono anch'essi, come si diceva dianzi, dalla folla di uomini, donne, ragazzi, « avvolti in casi strani da cui non trovano modo a uscire », delle *Novelle per un anno*. E appunto da una novella è tratta la vicenda di questi sei personaggi, quella della « commedia da fare » che il padre racconta al capocomico affinché egli la faccia vivere in un'opera di teatro. In una importantissima didascalia della commedia, che è quasi una nota di regia, Pirandello suggerisce che i *personaggi*, affinché non si confondano con gli *attori* del teatro dove essi sono entrati, indossino speciali maschere:

> « lavorate e tagliate in modo che lascino liberi gli occhi, le narici e la bocca.
> S'interpreterà cosí anche il senso profondo della commedia. I Personaggi non dovranno infatti apparire come *fantasmi*, ma come *realtà create*, costruzioni della fantasia immutabili: e dunque piú reali e consistenti della volubile naturalità degli Attori. Le maschere aiuteranno a dare l'impressione della figura costruita per arte e fissata ciascuna immutabilmente nell'espressione del proprio sentimento fondamentale, che è il *rimorso* per il Padre, la *vendetta* per la Figliastra, lo *sdegno* per il Figlio, il *dolore* per la Madre con fisse lagrime di cera nel livido delle occhiaje e lungo le gote, come si vedono nelle immagini scolpite e dipinte della *Mater dolorosa* nelle chiese. »

Un suggerimento, che, a quanto ci consta, non è mai stato posto in atto nelle edizioni sceniche dei *Sei personaggi*, anche in quelle da lui stesso dirette, ma che pone esattamente in luce quale sia la sua concezione dei personaggi stessi e insieme l'idea madre della commedia. Ma soprattutto un tale suggerimento ci sembra importante per il posto che occupa nell'ideologia pirandelliana il motivo della maschera, come elemento essenziale di quel « giuoco delle parti », che non è soltanto il titolo di una commedia, ma altresí l'espressione di un rapporto dell'uomo pirandelliano con i suoi simili, di un dramma della personalità perennemente in crisi, elemento essenziale nella letteratura e nella drammaturgia di Pirandello. Questo non soltanto perché copre « una piaga vergognosa, nascosta », come quella di cui parla Ciampa nel *Berretto a sonagli*, nell'estrema difesa di se stesso, col sofisma e con l'inganno, dalle convenzioni della società e dagli ipocriti equilibri sui quali essa si fonda, ma copre anche quello che può essere « il male che la vita fa a tutti ». È in fondo « maschera » il « linguaggio asfissiante » di Baldovino ne *Il piacere dell'onestà*, « quello di un'onestà fittizia e contro natura », è « maschera » il travestimento di Fulvia in *Come prima meglio di prima*, è « maschera » « l'abitino decente » che chiede Ersilia, in *Vestire gli ignudi*, per morire, non avendone potuto mai avere uno nella vita « da poter figurare in qualche modo », che non le fosse strappato « da tanti cani ».

Come sempre, anche nei *Sei personaggi in cerca d'autore*, non altrimenti che in tutta la narrativa e in tutto il teatro di Pirandello, il dramma di base è un dramma familiare: ci sono un Padre, una Madre, che hanno avuto un Figlio, ma la loro esistenza si è incrinata perché il Padre, persuaso che la moglie fosse attratta verso un suo umile dipendente da una profonda affinità, da un timido amore, silenziosamente ricambiato, ne favorisce quasi per pietà l'unione, ed essi vanno a vivere insieme, tuttavia sempre affettuosamente seguiti e vegliati dal Padre stesso. Muore l'amante e la donna rimane in miseria con i tre figli avuti da lui. Per sfamarli, la Figliastra, diciottenne, bellissima (i personaggi non hanno ancora un nome: forse colui che avrebbe dovuto esserne l'autore, che li ha concepiti nella sua mente, o meglio nella sua fantasia, non se ne è posto ancora il problema), si prostituisce nell'equivoco *atelier* di madama Pace, un'ambigua modista forse di origine spagnola o argentina. Un giorno le viene presentato in quello squallido antro un « cliente » che è proprio il Padre (cioè il marito della Madre) e l'incesto non ha luogo solo perché sopraggiunge la Madre desolata e sconvolta. La stessa Figliastra inveisce contro l'uomo, ed egli, ormai vergognoso di se stesso, accoglie tutti nella sua casa, dove tuttavia i nuovi venuti incontrano l'ostilità del Figlio. In questa atmosfera esplode il dramma: muore la piccola figlia nata dall'unione della Madre con l'amante, annegando nella vasca del giardino, e suo fratello, il Ragazzo, si uccide con un colpo di rivoltella. Il Padre, la Madre, la Figliastra e il Figlio evocano questo dramma al Capocomico e agli Attori, rivivendone le scene culminanti, affinché essi lo facciano rivivere a loro volta nella realizzazione scenica.

Ma l'arte scenica, le convenzioni tradizionali del teatro si rivelano inadeguate: la realtà immaginata dall'Autore-demiurgo che l'ha concepita, la sua fantasia, il segreto stesso della sua creazione, non possono coincidere con esigenze di tecnicismo teatrale, col formalismo dell'arte, ma soprattutto con l'idea che Capocomico e Attori si sono fatti del dramma e dei Personaggi: è la lucida polemica pirandelliana contro il vecchio teatro, contro la stessa poetica della rappresentazione teatrale della tradizione scenica romantico-naturalista, nei confronti di un'idea del personaggio pressoché in funzione rapsodica. Implicitamente Pirandello pone nei *Sei personaggi*, e proprio nel rapporto tra i personaggi neghittosamente e imperfettamente immaginati da un Autore, e gli Attori che devono impersonare quel « loro » dramma ancora in uno stadio velleitario e imperfetto (ogni opera d'arte nasce in sé imperfetta, potendo essere infinite le soluzioni della vita, come pure infinite sono le soluzioni dell'arte stessa, infiniti i modi nei quali ogni artista può realizzare una certa parvenza di vita), il problema della realtà, l'*altra* realtà della rappresentazione. Tanto è vero tutto questo, che proprio alle prime battute della commedia, non appena il Padre ha chiesto al Capocomico di portare sulla scena la vicenda sua e dei suoi, il dramma, già avvenuto, esplode di nuovo nel contrasto tra Padre e Figliastra, tra Madre e Figliastra, tra Figliastra e Figlio, in una sorta di lacerante dibattito. È la particolarissima maieutica pirandelliana, nei *Sei personaggi* e altrove, ad estrarre il dramma dal dibattito, scoprendone le diverse prospettive, rifrangendo dall'una all'altra di queste creature immaginative, le reciproche accuse e difese, ponendo a confronto il diverso modo nel quale esse si vedono e si giudicano nell'esiguo spazio nel quale sono costrette ad esistere. Ed è proprio il Padre a riassumere e a definire questa inconciliabilità di reciproco giudizio:

> « Il dramma per me è tutto qui, signore: nella coscienza che ho, che ciascuno di noi – veda – si crede "uno" ma non è vero: è "tanti", signore, "tanti", secondo tutte le possibilità d'essere che sono in noi: "uno" con questo, "uno" con quello – diversissimi! E con l'illusione, intanto, d'esser sempre "uno per tutti", e sempre "quest'uno" che ci crediamo, in ogni nostro atto. Non è vero! non è vero! Ce n'accorgiamo bene, quando in qualcuno dei nostri atti, per un caso sciaguratissimo, restiamo all'improv-

> viso come agganciati e sospesi: ci accorgiamo, voglio dire, di non esser tutti in quell'atto, e che dunque una atroce ingiustizia sarebbe giudicarci da quello solo (...). Ora lei intende la perfidia di questa ragazza? M'ha sorpreso in un luogo, in un atto, dove e come non doveva conoscermi, come io non potevo essere per lei; e mi vuol dare una realtà, quale io non potevo mai aspettarmi che dovessi assumere per lei, in un momento fugace, vergognoso, della mia vita! ».

È l'idea centrale – quasi inutile ricordarlo – di un romanzo come *Uno, nessuno e centomila,* manifesto finale di tutta la tematica pirandelliana e quasi testamento letterario dello scrittore, ma è certo un'idea che circola in tutta l'opera pirandelliana, la sua stessa linfa « filosofica »; ma qui, nei *Sei personaggi,* con un significato tutto particolare, al di là di quello che può essere il sofisma di base della commedia nella commedia, in quanto si identifica col problema stesso della creazione teatrale, col mistero della rappresentazione, che diventa cosí rito esoterico, materializzazione, come dicevamo, dell'assurdo, del pensabile, del pensato, ossessiva fuga dalla realtà, *altro* dalla realtà e suo « doppio ». Non tanto « teatro *nel* teatro », dunque, quanto teatro *del* teatro, anche nel senso della dissacrazione di una mitologia dei sentimenti rappresentati come tali attraverso una precettistica teatrale che, fissandoli in una forma, li annulla nell'incapacità di infondere una vera vita ai personaggi, quella vita della fantasia che è sempre piú vera di quella della realtà, pressoché eterna nel tempo. Per questo gli attori non riescono a rappresentare il dramma *dei* personaggi, quel dramma che i personaggi stessi hanno delineato davanti a loro, anzitutto nel loro dibattito, e poi anche nell'evocazione, come abbiamo detto, « epifanica », del momento culminante della tragedia immaginata, l'incontro del Padre e della Figliastra nell'*atelier* di madama Pace e l'irrompere della Madre. E poi il suo compiersi: l'annegamento della bambina nella vasca del giardino e il suicidio del Ragazzo, con la stridula risata della Figliastra che si allontana dal palcoscenico, mentre il Padre, la Madre, il Figlio, con le braccia tese verso il Capocomico, sotto la luce dei riflettori che sono stati accesi per errore « si fermano a metà del palcoscenico, rimanendo lí come forme trasognate »: cosí prescrive la didascalia finale di Pirandello.

Senza dubbio in questa « commedia da fare » Pirandello ha voluto disegnare una metafora o, se vogliamo, una parabola della creazione artistica, come sempre in Pirandello metafora o parabola di un'idea, di un pensiero: della distruzione di immaginarie certezze affidate ad una determinata e determinante tradizione espressiva. Centrando tuttavia questa rappresentazione in una storia, in « persone » cariche di una loro intensa vitalità, di una loro forma, di un loro destino. In essi peraltro affiora inesorabilmente la crisi stessa della società nella quale i personaggi vivono e che li ha espressi, condizionandoli, appunto, a un certo rapporto di alienazione reciproca, ad un inevitabile scacco, anche sul piano della rappresentazione che non può piú attuarsi ormai al di fuori di loro. Di quei personaggi cioè che il mancato autore ha immaginato, ma che non ha portato a compimento, e che ora non possono essere di un altro autore, destinati quindi a rimanere senza autore.

Il dramma non si chiude: esiste nei personaggi, eternamente, in quanto tali, e coinvolge gli stessi spettatori, coloro che siedono in platea, come fa notare Nicola Ciarletta in un saggio « Pirandello e l'attore moderno », ora raccolto in *Agnus volontario – Dalla « persona » alla persona* (Roma, Bulzoni, 1974, pag. 414). Essi « vengono a trovarsi dinanzi a un dramma nuovo: quello della irrappresentabilità del dramma, ossia della inimitabilità della vita. Questo il dramma reale, che l'azione scenica, simile ad una macchina, ultimamente rivela: un dramma che investe perciò tutti, e che tutti contemplano quasi fossero diventati spettatori di se stessi ». Quella del teatro nel teatro non sarebbe dunque per Pirandello un'invenzione, un trucco scenico, un espediente di tecnica teatrale, e nemmeno un modo di trasporre una sua « filosofia », ma una vera e propria ricerca dell'essenza stessa del teatro, di un rapporto del teatro con la vita, all'origine del teatro medesimo, il teatro come *mimesis* dei Greci, come azione « poetica », come « produzione », come « composizione ».

Assai giustamente il Ciarletta nello stesso saggio, parla di « meta-teatro » cioè « oltre »-il-teatro, a proposito della trilogia del « teatro nel teatro », che si apre con *Sei personaggi in cerca d'autore*, e di cui fanno parte anche *Ciascuno a suo modo* del 1924 e *Questa sera si recita a soggetto* del 1929. Testo fondamentale, il primo, non solo nel teatro pirandelliano, ma di tutta l'opera di Pirandello, e altresí punto di partenza per una vera e propria rivoluzione del teatro contemporaneo; gli altri due, in una certa misura, opere « minori » rispetto al primo, e tuttavia non senza rilievo nel contesto dell'opera teatrale pirandelliana, legati tra loro, come sono, non soltanto dal filo di una comune tematica, ma altresí da un certo processo di sviluppo del tema centrale, come ricerca di una vera e propria poetica del conflitto insita nella stessa idea pirandelliana del teatro. Nei *Sei personaggi*, come già si è detto, il conflitto tra personaggi e attori che devono, o dovrebbero, impersonarli e farli vivere nella finzione scenica, secondo la concezione in loro stessi impressa da un autore-demiurgo loro ideatore e creatore; in *Ciascuno a suo modo* il conflitto tra spettatori e attori; mentre nel terzo dei tre testi, *Questa sera si recita a soggetto*, si fronteggiano attore e realizzatore dello spettacolo, in altre parole il conflitto è tra attore e regista. Ma nel fondo dei tre testi circola sempre il problema centrale pirandelliano della condizione umana alienata dalla società e dal costume, dall'ipocrisia del rapporto sociale, il tema di un dissidio inestinguibile tra realtà e apparenza, fonte perenne dell'alienazione umana.

Ciascuno a suo modo

L'azione di *Ciascuno a suo modo* si svolge su tre piani diversi, in una sorta di grande giuoco del teatro come vita, della realtà immaginaria del teatro stesso, cioè l'eterna invenzione dell'arte, che supera sempre la frusta realtà della vita. Pirandello stesso, in una delle sue perfette didascalie, ne delinea lo schema:

> « ... la commedia che si rappresenta sul palcoscenico è *La chiave*: costruita cioè dall'autore su un caso che si suppone realmente accaduto e di cui si siano

occupate di recente le cronache dei giornali: il caso della Moreno (*che tutti sanno chi è*) e del barone Nuti e dello scultore Giacomo La Vela che si è ucciso per loro. La presenza in teatro, tra gli spettatori della commedia, della Moreno e del Nuti stabilirà allora per forza un primo piano di realtà, piú vicina alla vita, lasciando in mezzo gli spettatori alieni, che discutono e s'appassionano soltanto di una finzione d'arte. Si assisterà poi nel secondo intermezzo corale al conflitto tra questi tre piani di realtà, allorché da un piano all'altro i personaggi veri del dramma assalteranno quelli finti della commedia e gli spettatori che cercheranno di interporsi. E la rappresentazione della commedia non potrà piú, allora, aver luogo ».

La vicenda di base, non è difficile rendersene conto, è trasportata di sana pianta dal romanzo *Quaderni di Serafino Gubbio operatore*, ed è la vicenda del romanzesco antefatto napoletano dei *Quaderni* stessi. Un tipico trapianto pirandelliano da un'opera a un'altra, che lo scrittore compie con estrema spregiudicatezza, inserendo in essa un nuovo personaggio che, in certo senso, si sostituisce a Serafino, quello di Decio Cinti, personaggio-coro, ma anche – non diversamente da quello di Lamberto Laudisi nella commedia *Cosí è (se vi pare)* – come una sorta di coscienza morale interna all'azione, la coscienza di un personaggio che si confessa e nello stesso tempo costringe all'azione gli altri personaggi e li controlla con una sua spietata e nello stesso tempo pietosa lucidità. Anche *Ciascuno a suo modo*, come *Sei personaggi*, è un dramma che non si chiude, un dibattito aperto. È difficile dire sino a che punto i tre piani della commedia si integrino tra loro e al fondo rimane tuttavia un sospetto di aridità, l'idea di un meccanismo, sia pure di una straordinaria perfezione su un piano di immediato e travolgente linguaggio scenico.

Questa sera si recita a soggetto

Anche in *Questa sera si recita a soggetto*, terza commedia della trilogia, la vicenda è doppia, ed anche, in certo senso, parallela. Ed è altresí un testo di Pirandello, la novella *Leonora addio*, che il regista dello spettacolo, dottor Hinkfuss, propone ai suoi attori, quasi come canovaccio della commedia dell'arte, di uno spettacolo dove gli attori stessi, sulla traccia delle vicende raccontate nella novella, ne impersonano i personaggi, obbedendo alle sue direttive insieme agli altri suoi collaboratori, scenografi, operatori, elettricisti. Un esperimento scenico, dunque, che mira ad attuare una creazione autonoma di cui Hinkfuss dovrebbe essere l'unico autore, un'opera d'arte in sé, se pure effimera, come è sempre effimero ogni spettacolo; ma distinta del tutto da quella che è stata la sua matrice letteraria. Hinkfuss, infatti, afferma, nel lungo monologo-saggio col quale apre la rappresentazione, che in un altro teatro, con altri attori e altre scene, con altre disposizioni e altre luci, la creazione scenica sarebbe certamente un'altra. Una vera e propria lezione di estetica e di drammaturgia pirandelliane. Ma non sembra che gli attori, legati anch'essi ai moduli espressivi tradizionali, la intendono: nasce subito il dibattito, prima tra attori e regista, poi tra gli stessi attori che entrano in scena disputando ed immettendosi nella « parte » assegnata dal regista sotto la sua stessa guida, ma sempre con punte polemiche nei suoi confronti, indocili alle esigenze di una recitazione di tipo craighiano che Hinkfuss pretende da loro.

Il dramma si delinea pressoché tra le righe di questo dibattito, già nell'evocazione di un antefatto: la vicenda di un gruppo di ufficiali di guarnigione in una piccola città siciliana che frequentano una famiglia napoletana estranea all'ambiente e tenuta al margine, con quattro belle e compiacenti ragazze, una madre permissiva e un padre che è quasi una risibile larva di se stesso. Il dramma esploderà invece quando gli attori si saranno liberati dal controllo del regista immedesimandosi nella parte. Una delle ragazze, Mommina, che ha sposato uno degli ufficiali, ritorna dopo anni di lontananza, sfiorita e quasi distrutta dalla retrospettiva gelosia del marito, il quale ha voluto quasi annullare la splendente immagine della fanciulla che lo aveva esaltato proprio nell'ambiente spensierato di quella famiglia, riducendola un'ombra di se stessa. Torna anche un'altra sorella divenuta cantante lirica, per uno spettacolo nella piccola città, e con essa ritorna il passato che Mommina stessa cerca di rivivere, quando anch'essa cantava e frequentava con le sorelle teatri e feste, e si immedesima talmente nel racconto che ella fa alle figlie di quei lontani giorni di felicità e di speranza, che ne muore, dopo aver cantato la romanza de *La forza del destino*, « Leonora addio ».

Scritta da Pirandello nel 1929, ormai nel pieno della sua folgorante esperienza teatrale, ne riflette i motivi, le cariche, gli impulsi, anche sul piano di un rapporto esistenziale, di una partecipazione al mistero della creazione scenica, e ne è un emblematico riverbero l'immedesimazione dell'attrice che impersona Mommina, nella sua parte sino a morire della morte del personaggio, morire *della* « parte », sia pure di una morte metaforica, inverosimile ma realissima. E non è senza significato che la commedia sia datata nella Berlino della *Neue Sachlichkeit*, della *Volksbüne* di Piscator, la Berlino di Reinhardt che proprio in quegli anni è il vivaio di una letteratura e di un teatro di crisi e di protesta (Toller, Kästner, il primo Brecht, Brückner, Horvat) denso di esperienze avanguardistiche e sperimentali delle quali non manca piú di un riverbero in questa commedia, anch'essa commedia-saggio non soltanto sul tema della creazione scenica e della sua eterna autonomia, ma altresí di un teatro che si crea dall'interno di se stesso.

Né va dimenticato che proprio *Questa sera si recita a soggetto* è il testo che segna nettamente il punto di sutura tra il Pirandello siciliano e il Pirandello « europeo », sia su un piano di esperienza umana e di cultura, sia su un piano critico, come ripensamento da parte di Pirandello, delle sue stesse radici umane. Il tema della gelosia, l'amara e furente gelosia del passato, il mito dell'onore e del possesso, atrocemente sofferto di persona dallo scrittore nella sua vita familiare, è una delle « corde » di un certo tragico e pirandellianamente « umoristico » sicilianismo. Il personaggio di Mommina è in questo senso esemplare di una condizione femminile chiusa nella sua antica solitudine, nel « diuturno servaggio di un mondo senza musica, sospeso ad una infinita possibilità musicale », secondo l'acutissima definizione di Giacomo Debenedetti: Mommina è in certo senso una sorella minore di Marta Ajala, la protagonista de *L'esclusa*, anch'essa sospesa sul filo del sospetto, di un'angoscia maritale (che nel romanzo era anche angoscia collettiva, nevrosi di una società) disperata e ossessiva, ma anche crudele e sprezzante; vittima mite e dolorosa, il cui unico rifugio è nel ricordo che la strazia e l'uccide. L'Europa è sul versante di Hinkfuss, cioè in quello di una cultura, in una concezione post-espressionistica dello spettacolo e della sua creazione, sia pure con una sua componente demoniaca, dietro la quale è forse l'angoscia del presentimento (e non a caso Pirandello scrive *Questa sera* in una Berlino sulla quale già soffiano fetidi fiati i mostri dell'orrore nazista) di una incombente catastrofe.

Ma il problema del teatro nel teatro non è soltanto nella trilogia che cosí si intitola: si può anzi dire che esista da sempre in una dimensione immaginativa e conoscitiva pirandelliana, nella stessa frattura di Pirandello con le certezze naturalistiche dell'eredità razionalista-borghese. In certo senso quella del teatro nel teatro è un'idea sempre ricorrente, inserita nel contesto stesso della sua ispirazione, anche quando il teatro non è direttamente portato sulla scena, come in *Trovarsi*, o come ne *I giganti della montagna*. Potremmo aggiungere che è il tema chiave dell'*indirection* pirandelliana: si veda in una tragedia come *Enrico IV*, uno dei testi fondamentali del teatro pirandelliano, come essa sia in gran parte nella rappresentazione della follia che il protagonista impone a se stesso e agli altri, l'evocazione di un Medioevo di cartapesta che è la mascherata di una mascherata, dove il protagonista stesso recita la sua parte con un suo irridente e vendicativo furore.

Enrico IV

Si può dire che *Enrico IV* sia il testo esemplare dell'inverosimiglianza pirandelliana, che non è, come già si è detto, un fatto casuale, ma in certo senso fa corpo con la drammaturgia stessa del nostro scrittore. E non soltanto perché costruita su una vicenda estremamente improbabile, ma anche, e soprattutto, perché il suo meccanismo spettacolare, predisposto come sempre con estrema cura e rigore, rivela a prima vista un giuoco intellettuale a volte persino capzioso, come nell'incontro del protagonista, ormai finto pazzo con i suoi finti visitatori, alla fine del primo atto del dramma, nel quale si addensano le complesse ambiguità dialettiche di una simulata follia e della personalità vera del protagonista, la disperazione di una vita non vissuta, l'invocazione dello pseudo-Enrico alla pseudo duchessa Adelaide, di intercedere presso il suo nemico, il papa Gregorio VII, affinché, revocata la scomunica, lo liberi dall'incantesimo che fissa la sua vita in una forma, quella del ritratto sulla parete, dove è effigiato come era vent'anni prima: « ... di staccarmi di là, e farmela vivere tutta, questa mia povera vita da cui sono escluso... Non si può aver sempre ventisei anni, Madonna! ».

Inverosimile (sempre nell'accezione dell'inverosimiglianza pirandelliana) l'antefatto del dramma, una cavalcata « storica » organizzata dai soci di un club di nobili sfaccendati, inverosimile la caduta da cavallo del protagonista mascherato da Enrico IV, forse troppo abilmente provocata dal barone Belcredi, rivale in amore (l'amore della bella marchesa Matilde che nella cavalcata indossava il costume di Matilde di Toscana; la donna che ora, insieme al Belcredi, alla giovane figlia, a un illustre psichiatra, è venuta a spiarlo nel castello dove, dopo l'incidente, il protagonista è recluso); inverosimile il trauma psichico che lo porta ad immedesimarsi nella figura di Enrico IV, l'imperatore di casa sveva nel secolo XI, avversario di papa Gregorio VII nella lotta per le investiture. Inverosimile altresí il « castello in Umbria », trasformato in una posticcia dimora imperiale di Goslar, nella Foresta Nera, dove il pazzo consuma la sua follia tra guitti in veste di cortigiani, di feudatari, di arcivescovi, di monaci, di consiglieri. Non è la rispondenza a un ordine logico di eventi e alla loro credibilità e probabilità che muove la fantasia di Pirandello, o anche un qualsiasi parallelismo storico, ma piuttosto il conflitto, il dibattito: chiusi i personaggi in quella simulata dimora imperiale, l'« imperatore » ormai solo come maschera di se stesso, e i visitatori nelle « parti » che si sono assegnate, recitanti una parodia derisoria in quel Medioevo da guardaroba teatrale, essi si macerano nelle contraddizioni suscitate dal lucido giuoco dialettico e dalla trepidante simulazione dello pseudo-Enrico IV.

Ma quando i visitatori, secondo lo scenario prestabilito dallo psichiatra – un'altra occasione di teatro nel teatro – tenteranno ancora un inganno per far rinsavire colui che credono ancora pazzo, risalendo al trauma iniziale, improvviseranno una maldestra evocazione di quello che fu il momento culminante della lontana vicenda di cui fu protagonista e vittima, facendo indossare a Frida, la giovane figlia di Matilde, il travestimento della madre nella cavalcata. Allora lo pseudo-Enrico IV sentirà vacillare di nuovo la sua ritrovata consistenza a causa di questa apparizione in certo senso epifanica a causa della straordinaria somiglianza della fanciulla con la madre, come era alla sua età; e quando il suo impulso verso di lei verrà fermato dal Belcredi, egli lo colpirà a morte. Non avrà altro scampo che chiudersi con i suoi finti cortigiani, servi, amanuensi, nell'apparenza eterna, nella « forma » della sua pazzia.

Personaggio tra i piú complessi della drammaturgia contemporanea, il protagonista Enrico IV è certo il piú poeticamente raggiunto di tutta la galleria dei personaggi pirandelliani, il piú libero dagli schemi di una « filosofia » piú o meno autentica, e nello stesso tempo il piú ricco di drammatiche motivazioni intellettuali, ma anche di una tensione interiore ininterrotta e senza cedimenti. Tensione dialettica, senza dubbio, nella ricerca di una sua dolorosa realtà che trae impulso dall'esperienza dello scrittore, e che si delinea proprio attraverso la « maschera » imposta al personaggio stesso dalla vita, quella vita che per lui si è fermata costringendolo ad essere non piú persona, ma soltanto forma, quella medesima assunta nell'effimera e mediocre fantasia snobistica della cavalcata « storica ». Col rammarico, tuttavia, della vita vera che gli è sfuggita senza che egli l'abbia vissuta; come dice ai brillanti fantasmi del suo passato che sono venuti a trovarlo

> « di tutto ciò che dopo quel giorno di carnevale avvenne, per voi e non per me; le cose, come si mutarono; gli amici, come mi tradirono... ».

È uno strappo, un'improvvisa illuminazione della coscienza (ancora una volta un'*epifania* pirandelliana), quando lo pseudo-Enrico IV si accorge della sua attuale condizione di espulso della vita:

> « ... e fu uno spavento, perché capii subito che non solo i capelli, ma doveva esser diventato grigio tutto cosí, e tutto crollato, tutto finito: e che sarei arrivato con una fame da lupo a un banchetto già bell'e sparecchiato ».

Il dramma dello pseudo-Enrico IV è dunque, non diversamente da Serafino Gubbio e da Vitangelo Moscarda, quello di una spersonalizzazione assoluta. Tuttavia sia il protagonista dei *Quaderni* come quello di *Uno, nessuno e centomila,* portano in essa qualcosa di volontaristico, una passione autodistruttiva non senza un risvolto umoristico, un gusto beffardo di disintegrazione; al contrario l'alienazione di Enrico IV nasce dall'impatto con una società che lo espelle come un corpo estraneo. Una società, vorremmo aggiungere, che rivela nel tranello del Belcredi, con l'emarginazione del folle, col suo creargli attorno una sorta di spazio carcerario dove la sua follia è accuratamente coltivata, quella struttura mentale sofisticata (e al limite mafiosa) che cosí spesso affiora *a contrariis* nel mondo dei personaggi di Pirandello (il che tra l'altro rende assai poco credibile l'ambientazione in Umbria della tragedia).

La vita non vissuta

Il tema della vita non vissuta, da una dimensione tragica come quella di *Enrico IV*, ritorna in una dimensione crepuscolare nel personaggio di Martino Lori, protagonista di *Tutto per bene* (1920), che apprende, ormai vecchio, di aver pagato col tradimento della moglie, per lunghi anni amante del suo piú caro amico, il Manfroni, scienziato e uomo politico, i fastigi di una carriera burocratica ai quali è pervenuto. Troppo tardi l'apprende, e per giunta dopo la morte della moglie, proprio da colei che egli ha sempre ritenuto sua figlia, mentre è figlia del Manfroni. Apprende, in altre parole, di aver vissuto una vita non sua, in una famiglia non sua, tra affetti che non gli competevano. Egli ora scopre « di non essere stato mai nulla », recitando, ignaro, per tutti, una parte abbietta. Tuttavia per vivere ancora una parvenza di vita, ora, dopo la rivelazione, non potrà che adattarsi, cosciente, a quella maschera. È il dramma di una condizione dissociata imposta dalle convenienze familiari e sociali, nel quale naufraga l'uomo « senza qualità » pirandelliano perennemente « fuori di chiave », il dramma di Ciampa, ne *Il berretto a sonagli*, di Baldovino ne *Il piacere dell'onestà*, avvolti ambedue in una eloquente e bizzarra casistica ottocentesca dell'onore familiare nella sua particolare accentuazione siciliana; ma anche del sottilissimo Leone Gala, che architetta, chiuso nella sua solitudine, una sorta di delitto perfetto, costringendo a battersi in duello, al suo posto, e per giunta con uno spadaccino espertissimo e implacabile, l'amante della moglie, la quale aveva già preordinato la sua uccisione, in una commedia come *Il giuoco delle parti* (1918), di una straordinaria perfezione dialogica, ed anche con un suo aggressivo sottofondo polemico. Diversa la situazione di base ne *L'amica delle mogli* (1927) dove la protagonista, Marta, la fanciulla che gli uomini del suo ambiente altoborghese ammirano ma non sposano, diviene amica e confidente delle loro mogli, alienandosi e annullandosi in uno squisito giuoco di apparenze, troncato infine da uno spasimante geloso il quale ucciderà l'unico uomo che le è possibile amare. Ancora un delitto in *Non si sa come*, dove un oscuro episodio dell'infanzia del protagonista, Romeo Daddi (ha ucciso a causa di un *raptus* improvviso un altro ragazzo), quasi cancellato dalla memoria risale dal profondo di se stesso, avendo fatto sua, in un momento di aberrante abbandono, Ginevra moglie innamorata e amatissima del suo migliore amico, Giorgio Venzi, per giunta tenerissima amica di Bice sua moglie. E ritorna sotto la forma ossessiva della gelosia del passato: non potrebbe essere stata colpevole nello stesso modo anche Bice? Nasce a questo punto un lacerante dibattito che coinvolge anche Ginevra e Giorgio, sino a che Bice medesima non confessa che lo ha tradito con Giorgio, ma nella realtà del sogno. Situazione senza dubbio freudiana: Ginevra che è stata « non si sa come » di Romeo, Bice ha amato Giorgio nel sogno in una piena partecipazione dei sensi.

A una prospettiva irrazionalistica e quasi esoterica che riaffiorerà nel Teatro dei Miti, Pirandello si avvicina anche attraverso testi come *La vita che ti diedi* (1924), giungendo ad un ripensamento di tutta la sua esperienza teatrale, nel tema di una maternità che si proietta al di là della morte, o in quello della creazione artistica in *Diana e la Tuda* (1926), la statua come « forma », in contrasto con la perenne e mutevole vitalità dell'Esistenza, non senza un oscuro sottofondo autobiografico nel personaggio di Giuncano che già prefigura il *portrait of artist as an old Man* che sarà nel dramma dell'alta maturità di Pirandello *Quando si è qualcuno* (1933). Infine in *Trovarsi* (1932) ritorna il tema di un teatro come vita, nel mistero dell'identificarsi di un'attrice nella parte di amante, dell'autenticità e dell'espressione dei sentimenti sulla scena e nella vita.

Il Teatro dei Miti

Questi temi confluiscono, sia pure con diverse situazioni e motivazioni, ma come elementi di un'ultima verifica, come ripensamento per un anelito di ricostruzione interiore, nei testi del Teatro dei Miti dove Pirandello pone in atto una sua diversa ricerca, quella dei valori assoluti, insiti non tanto nella società, quanto in una vera e propria « favola della vita »:

> « Le vicende elementari e inderogabili dei cicli terrestri, le albe, i tramonti, le nascite, le morti ».

Si può aggiungere che essi sono ben lontani dal segnare una sorta di involuzione senile di Pirandello, o una sua « conversione » religiosa. Certo si avverte nei Miti un rischioso tentativo di Pirandello stesso di uscire dalla prigione dialettica del relativismo, per proiettarsi al di là di un mondo disintegrato, per ricostruire quelle certezze che sono nel patrimonio dell'uomo in quanto tale: una fede, non trascendente, ma immanentistica, nonostante taluni sbandamenti di tipo spiritualistico, nell'uomo che costruisce se stesso. I Miti rappresentano l'approdo, in altre parole, dell'uomo pirandelliano ad una « consistenza », e tutti sappiamo come questa espressione sia disseminata, in molteplici e diverse variazioni e significati, in tutto il lungo cammino dell'opera di Pirandello. È inutile aggiungere che un certo esoterismo pirandelliano è assai spesso in funzione ironica, ma può essere, a volte, anche un espressionistico riverbero di quel substrato popolare, tipicamente siciliano, che non manca mai nell'opera di Pirandello, anche come testimonianza di linguaggio, e che nel Teatro dei Miti traspare talvolta in modo cosí evidente e saremmo per dire in modo cosí inquietante, anche come riflesso autobiografico; segno questo, certo non tra i piú trascurabili, che il Teatro dei Miti vada letto anche come richiamo di Pirandello alle fonti originarie profonde in lui stesso, della sua formazione d'uomo e d'artista.

Si prenda il motivo delle Donne ne *La favola del figlio cambiato,* testo in certo senso emblematico del Teatro dei Miti, se non altro perché è l'opera del poeta suicida, che la compagnia di attori di Ilse deve rappresentare ne *I giganti della montagna,* il messaggio della poesia agli uomini per appagare la loro esigenza di assoluto; emblematico altresí perché vi ritorna, in simbiosi coi *Giganti,* il tema del teatro nel teatro, strettamente legato, in Pirandello, ad una concezione del teatro che si identifica con la vita in sé. A proposito del motivo delle Donne ne *La favola del figlio cambiato,* va ricordato che si tratta di un richiamo all'infanzia girgentana di Pirandello medesimo, come attesta Gaspare Giudice nel già citato saggio biografico-critico pirandelliano: «Mi ricordo da bimbo, a Girgenti, di essere stato portato in una casa a vedere un fatto strano: un bambino in fasce che dormiva nella stanza coi genitori, era stato trovato all'alba in cucina... tutti dicevano, ed erano convinti, che fossero state le *Donne*».

Le Donne, che hanno un ruolo pressoché determinante nella metafora de *La favola del figlio cambiato,* rivelano non poche affinità con le Erinni, ispiratrici, incitatrici, persecutrici, colleriche potenze infernali, nel grande mito ellenico che è l'*Orestiade* di Eschilo, e non è improbabile che anche nelle *Mosche* di Sartre possa essere individuato un loro riscontro probabilmente non senza una qualche suggestione pirandelliana. Ma non è questa la sola componente greco-siciliana nel sottofondo popolare dell'ispirazione dei Miti. Essa è rintracciabile anche come fatto di linguaggio, ne *La nuova colonia*, favola corale, utopistica metafora di una società nuova che un gruppo di diseredati, di uomini che vivono nel loro paese al margine della vita sociale, fonda in un'isola di natura vulcanica che i suoi antichi abitatori furono costretti ad abbandonare perché minacciata di sprofondare nelle acque. Un'impresa destinata a fallire quando tra i nuovi coloni risorgeranno gli egoismi, gli istinti di sopraffazione, lo sfruttamento dell'uomo sull'uomo. Si salverà soltanto, dal nuovo cataclisma che sommergerà l'isola stessa, la prostituta Spera, redenta dalla maternità e dalla sventura.

Una forte componente esoterica e stregonesca, anch'essa mutuata dallo spirito popolare siciliano, è altresí nel tessuto surreale e visionario de *I giganti della montagna*, che è probabilmente un mito-confessione, il tentativo di un grande e complesso disegno allegorico, che in certo senso riassuma e sublimi tutti i motivi dell'ispirazione pirandelliana, in una compenetrazione tra sogno e passione umana, tra teatro nel teatro, teatro come vita e vita umana come illusione e immaginazione, in una contrapposizione tra « servi fanatici dell'arte » e « servi fanatici della vita ». Appunto ne *I giganti della montagna* raggiunge il suo acme il rapporto esistenziale tra « persona » e personaggio, tra maschera e condizione umana, tra immaginazione e « consistenza », che è nel tessuto dei *Sei personaggi*. È il momento nel quale Pirandello constata di essere arrivato al fondo di quella crisi dell'uomo contemporaneo nella quale è senza dubbio la forza traente, anche su un piano culturale, del suo teatro, e si propone di guardare al di là della crisi stessa, ponendosi il problema di un restaurato rapporto dell'individuo col tutto, di una ricostruzione in *interiori hominis* dell'umanità stessa.

È il tentativo corale che egli pone in atto, o vorrebbe porre in atto, nei *Giganti*, anche se non riesce ad affrancarsi da quelle che sono le caratteristiche essenziali del suo linguaggio: il grottesco, aggravato forse da nuove suggestioni espressionistiche e surrealistiche, il paradossale, l'abnorme, il magico, il tipico, come nella sbrindellata schiera dei seguaci del mago Crotone nella villa denominata Scalogna. Ma prima dei *Giganti*, opera tuttavia suggestiva nella sua stessa incompiutezza, se non altro per la drammatica carica di confessione che essa rivela, per l'« aria favolosa » nella quale sono immersi i suoi personaggi, in un altro Mito, Pirandello aveva raggiunto un alto livello di drammatica e lirica tensione: *Lazzaro,* forse la piú coerente tra tutte le opere cosí definite dallo stesso autore.

Giacomo Debenedetti nelle sue lezioni sul *Romanzo del Novecento,* apparse postume nel 1971, anche se non disegna un vero e proprio « parallelo » tra il protagonista di *Lazzaro* stesso e Mattia Pascal, campione dell'uomo pirandelliano, ce ne propone qualche suggestiva analogia o diversità. Anche Mattia è un morto che risuscita, e per ben due volte: la prima come Mattia Pascal; la seconda col nome da lui inventato, Adriano Meis, finto suicida. Doppia morte in certo senso metaforica eppure realissima su un piano pirandellianamente « filosofico ». Morte « fisica » invece, quella del protagonista del Mito, Diego Spina, il credente imbevuto di un fanatico furore di santità, il quale rifiuta la fede dopo che è stato riportato alla vita da un medico che ha sperimentato su di lui un suo procedimento di rianimazione. Alla sua disperazione per il nulla constatato al di là della morte stessa, che lo conduce quasi all'assassinio nei confronti di colui che ora è il compagno della moglie, della quale sino a quel giorno aveva sopportato il tradimento e l'abbandono con rassegnata quanto untuosa umiltà, risponde il figlio già avviato al sacerdozio, ma che prima di pronunciare i voti aveva sentito crescere in se stesso il dubbio della fede, ed ora, dopo la ribellione del padre, indossa di nuovo la veste talare perché proprio per la vicenda del padre egli sente risorgere in se stesso le ragioni di fede in una vita eterna, « della quale – come ha scritto Debenedetti – ciascuno di noi non è che un atomo, un momento transitorio, perituro, mortale, mentre la vita è immortale ». Una religiosità immanentistica, dunque, che sopravvive allo sconvolgimento della morte fisica, una prova interiore, nell'uomo, di identità con se stesso, un sentimento della morte (e un appressamento alla morte, se vogliamo) come ininterrotta esperienza esistenziale, assai piú che come approdo ad una consolazione spiritualista.

III

TEMI E MOTIVI

I temi e i motivi dell'opera di Luigi Pirandello sono disseminati in tutto il suo contesto, strettamente legati ai suoi problemi di base, ai suoi personaggi, alla natura stessa della sua ispirazione, ai meccanismi della sua espressione, e vorremmo aggiungere altresí a un rapporto non tanto autobiografico, esistenziale, con la sua personalità, col suo dramma umano, ma addirittura biologico. Ne abbiamo a lungo parlato nel contesto di questo nostro studio, il che dovrebbe esimerci, forse, da un capitolo a parte sull'argomento, tuttavia non sarà forse inopportuno tornare su essi per chiarire alcuni elementi ed espressioni. Va detto anzitutto che Pirandello è uno scrittore che non può essere giudicato sul piano della pura liricità o dello stile in sé, prescindendo dal pensiero e dai contenuti, in altre parole da una sua idea del mondo e della vita. A questo proposito non sarà inutile aggiungere che è puramente illusoria una tale dicotomia, sulla quale si è insistito da una parte della critica letteraria italiana nel ventennio tra le due guerre, che se ne è servita per porre quasi al margine l'opera di Pirandello stesso. Si tratta, è ovvio, di un problema che non si identifica in alcun modo con quello della dialettica opposizione pirandelliana tra « forma » e « vita », sul quale punta in genere la critica teatrale dopo la famosa identificazione di Adriano Tilgher della « filosofia » di Pirandello nelle dottrine del pensatore e sociologo tedesco Georg Simmel tra gli ultimi decenni dell'Ottocento e i primi del Novecento.

A parte il fatto che non esiste una « filosofia » pirandelliana, cioè un sistema organico di pensiero strutturalmente conseguente in un suo meccanismo logico (dal che Pirandello è sempre lontanissimo), il cosiddetto « relativismo » pirandelliano è piuttosto un vero e proprio « sistema di segni » nel quale si ordinano le mille e mille intuizioni che nascono dal rifiuto di una realtà monolitica del mondo « com'è », il rifiuto di convalidarne le istituzioni morali; i segni nei quali lo scrittore identifica un suo dramma segreto (*L'uomo segreto* si intitola emblematicamente la biografia di Federico Vittore Nardelli, scritta, come è noto, con la diretta supervisione dello stesso Pirandello, e non è improbabile che il titolo sia stato da lui stesso suggerito), o una serie di drammi segreti trasposti nelle vicende di quegli stessi personaggi. Comunque, una tale trasposizione tra Vita e Forma è senza dubbio uno dei temi ricorrenti in tutta l'opera di Pirandello, e concorre con altri nell'espressione del suo mondo poetico. Pirandello, come è noto, rivendica nella prefazione ai *Sei personaggi in cerca d'autore* di essere scrittore « di natura filosofica », questo tuttavia non significa che egli rivendichi una *sua* filosofia, ma piuttosto che il meccanismo della sua ispirazione è mosso non tanto da una realtà obiettiva, da un « segno » della realtà effettuale, quanto da un processo opposto: un'idea astratta che costruisce, ma sempre come fatto immaginativo, come un proprio sistema di segni, una storia, un personaggio. La realtà, in altre parole, non è una proiezione dall'esterno, ma, al contrario, una proiezione dall'interno; Pirandello afferma nella commemorazione verghiana del 1931 all'Accademia d'Italia:

> « Il mondo non è per se stesso in nessuna realtà se non gliela diamo noi; e dunque, poiché gliel'abbiamo data noi, è naturale che ci spieghiamo che non possa essere diverso. Bisognerebbe diffidare di noi stessi, della realtà del mondo posta da noi ».

L'arte dello scrittore « umorista » è appunto nel diffidare della realtà da lui stesso cercata, ed è questa, probabilmente, la vera chiave non tanto del pirandellismo, quanto di un rapporto di Pirandello medesimo con la sua materia, il segreto della sua perenne scomposizione della realtà, che si attua quasi sempre partendo dall'interno dei suoi personaggi, sottoposti anch'essi a un processo di disintegrazione e di riduzione all'assurdo. L'universo pirandelliano tende sempre a sistemarsi in forma dialettica, dialogica, e persino talvolta discorsiva, a teatralizzarsi in un dibattito ininterrotto che non di rado sconfina nella pura astrazione; cioè ritorna all'astrazione da cui era partito, e l'astrazione, occorre aggiungerlo, è l'unica difesa dei suoi personaggi dallo scacco finale inevitabile. In altri termini, il sofisma è un rifugio piuttosto che una condizione di vita: si spiegano cosí i furori ragionativi di un Ciampa, di un Baldovino, di un Laudisi, di un Gala, di un Mattia Pascal, di un Serafino Gubbio, di un Vitangelo Moscarda. Il loro impatto con la società, di cui non di rado sono relitti piú o meno marginali, è sempre drammaticamente negativo: l'« uomo senza qualità » pirandelliano non conquista mai una vera consistenza: rimane sempre in un limbo ragionativo che gli impedisce di prender parte al banchetto della vita, che lo condiziona in una sua costante labilità, nel tema inesauribile dell'essere e del sembrare, o in una maschera con la quale egli si conforma alle esigenze della società e del costume.

La maschera, la « parte », è l'altro tema costante di Pirandello anche nel senso di una sorta di illusionismo volontario attraverso il quale il personaggio si sistema, ma sempre al limite della labilità, nelle convenzioni e nelle ipocrisie di un mondo organizzato, oppure per rientrare nel conformismo nei confronti di quelle stesse convenzioni: è Fulvia che si presenta alla figlia come « altra » moglie del padre in *Come prima meglio di prima*; o la maschera, pressoché sepolcrale, del protagonista di *Enrico IV* dopo l'uccisione di Belcredi; come ne *Il giuoco delle parti* il tentativo della moglie di far uccidere in un duello il marito, mentre il suo inganno dovrà ritorcersi sull'amante. È ugualmente una maschera il nome che la Sconosciuta accetta per costruirsi una identità e con essa una sua vita, in *Come tu mi vuoi*, ma deve accorgersi che il riconoscimento degli altri è un inganno, e che ella, ignara, si è prestata ad un oscuro intrigo di un uomo e di una famiglia per carpire un'eredità.

Abbiamo parlato a lungo, nell'esame dei singoli testi, del tema del teatro nel teatro, non limitato alla sola Trilogia che ne porta il titolo, un tema, inutile ripeterlo, che circola in tutta la vicenda di Pirandello narratore e drammaturgo, ed anche sotto una certa dimensione gnomico-satirica della sua produzione poetica. Si tratta di un'idea profondamente inserita nell'ispirazione del nostro scrittore, l'idea della vita come rappresentazione di *un'altra* realtà: quella dei nostri simili in noi e di noi stessi nei nostri simili, di un frantumarsi della nostra coerenza o di una nostra creduta coerenza, ad ogni nostra azione, ad ogni nostro gesto, ma sempre in una dimensione di riflessione umoristica, di « avvertimento » o di « sentimento del contrario ». Anche quando i suoi personaggi possono apparirci smorti, sottomessi, quasi cancellati dalla vita, essi rivelano una carica di inguaribile istrionismo, l'istrionismo della sottomissione, dell'umiliazione (come non ricordare la simulata untuosa umiltà dello pseudo-Enrico IV, nel primo atto del dramma, di fronte al suo nemico Belcredi nella maschera di Pietro Damiani, che esige nella realizzazione scenica l'interpretazione di un attore di straordinarie doti istrioniche? Ammirevole, proprio in questo senso, in una delle piú recenti, quella del Randone).

L'uomo pirandelliano, già prima di essere personaggio, cioè nel misterioso e pressoché esoterico momento dell'idea che si manifesta, l'antecedente di ogni vicenda, già prima di essere personaggio, dicevamo, è come segnato da un destino, e non di rado, infatti, come nella tragedia greca, tutto è già accaduto prima dell'inizio. Ma in Pirandello l'antefatto è sempre in una sorta di Empireo, in un mondo platonico delle idee, e spetta all'autore di infondergli una vitalità, di trasportarlo o di trasfonderlo in una seconda vita sia pure illusoria dei personaggi, in un loro dibattito spesso lacerante e dilacerato. Anche per questo il problema della creazione artistica, del metateatro, è sempre al centro della fenomenologia pirandelliana: quello della nascita del personaggio, della sua vitalità, di un suo esserci, di una sua parte nella commedia umana che si recita sull'immenso teatro della vita.

Strettamente legato al sottofondo autobiografico della sua ispirazione, è il senso dilacerante della provincia che si avverte in tutta l'opera di Pirandello, dalla poesia alla novellistica, dal romanzo al teatro. Sottofondo autobiografico, si diceva, che è soprattutto l'espressione di un sicilianismo di base frequentemente messo in luce da gran parte della critica pirandelliana, da Gramsci in poi, sul quale si tornerà appunto quando si parlerà dei contributi critici allo studio dell'opera del nostro scrittore. Diremo solo, in questa sede, che se anche un tale sottofondo non va sopravalutato nel senso di voler vedere in Pirandello addirittura uno scrittore « regionale », la componente siciliana imprime un timbro indelebile di autenticità al suo realismo, anche nella direzione della scoperta di un rapporto con la vita, la storia e la preistoria dell'Isola.

Si può aggiungere che il sottofondo siciliano, il sicilianismo, è nella preistoria stessa di Pirandello, nella componente irrazionalistica, quel tanto di esoterico, di demoniaco, già presente nella sua ispirazione assai prima dell'incontro con una certa letteratura spiritista, ultrafanica, teosofica, con le teorie del Leadbeater sull'« essenza plastica », sulla « ripetizione dell'idea », sul « compagnon astral », della Besant, di Allan Kardek. Del resto Pirandello se ne serve in modo piuttosto beffardo, per esempio in una novella come *La casa del Granella*, o travestendolo non senza ironia nella prefazione ai *Sei personaggi* e nei *Sei personaggi* medesimi, utilizzando quella letteratura con un suo gusto irridente della mistificazione e anche del *pastiche* letterario. Il demoniaco, l'esoterico hanno invece in Pirandello un'impronta popolare e siciliana fortissima, legata intimamente alla formazione girgentana: il ricorrente tema delle Donne, quello straordinariamente inquietante dell'isola inghiottita dal mare ne *La nuova colonia*, e forse quello ancor piú ossessivo dello zolfo, antichissimo simbolo delle potenze demoniache (il fuoco che sale dagli inferi); ma anche simbolo, al tempo di Pirandello, di una maledizione storica per le durissime condizioni di lavoro e per lo sfruttamento feudale a cui erano sottoposti, nello scorso secolo ed anche nel primo Novecento, i cavatori delle miniere dell'agrigentino. Di una tale partecipazione alle condizioni di lavoro di questi operai sono testimonianza novelle come *Ciàula scopre la luna*, *Il fumo*, *Lontano*, *La morta e la viva*, *Il libretto rosso* e molte pagine di un romanzo come *I vecchi e i giovani*, quelle ispirate dalla rivolta dei Fasci Siciliani, nelle quali è piú profonda la medesimezza dello scrittore con le sofferenze e le fatiche dei lavoratori della sua terra. Lo zolfo è anche legato alle fortune e alle crisi della famiglia Pirandello, ai suoi trasferimenti da una città all'altra, fortune, crisi e trasferimenti che hanno un riverbero profondo nella vita e nell'opera dello scrittore.

Non è altresí improbabile che sia in stretto rapporto con un sicilianismo di base il mondo dei personaggi femminili pirandelliani, anche quando essi sono ambientati fuori dell'Isola o che siano tratti dallo strato popolare, o da quello borghese; e addirittura è siciliano un certo *habitat* della frustrata e talvolta amarissima carica di erotismo che circola nell'opera narrativa e teatrale di Pirandello. Ambivalente è l'atteggiamento del nostro scrittore verso la donna: al fondo vi si avvertono i pregiudizi piú antichi dello spirito isolano, la furente e talvolta istrionica gelosia, la donna come oggetto e in funzione patrimoniale; e Sciascia forse aggiungerebbe il mammismo e un certo matriarcato che nella società siciliana dovrebbero rappresentare il recupero del mondo femminile sulla tirannia di quello maschile. In altre parole un atteggiamento ottocentesco-sessuofobico anche sul piano di una sfiducia nelle capacità di resistenza della donna stessa agli assalti del maschio (e infatti la donna nella narrativa e nel teatro di Pirandello è sempre soccombente).

Questo, diremo, è il *côté* negativo dell'atteggiamento di Pirandello verso la donna: dall'altro lato sono invece un'amara pietà, la comprensione appassionata e umanissima per la donna « caduta » ed anche per il suo « peccato », la profonda solidarietà per la condizione femminile (non si dimentichi che lo scrittore opera nel quadro di una società ottocentesca ed estrae da essa i suoi modelli) in novelle come *Prima notte, Scialle nero, Dono della Vergine Maria, La balia, Il ventaglino, La maestrina Boccarmè.* E si ricordi ancora l'Ersilia di *Vestire gli ignudi*, la Figliastra dei *Sei personaggi*, la Melina di *O di uno o di nessuno*, prototipi delle donne « cadute » pirandelliane, oggetto di una pietà non priva, al fondo, di qualche riserva moralistica. Né va dimenticato, in rapporto con questo sentimento della condizione femminile, il motivo del sogno, sempre piú frequente e insistente con gli anni; un motivo nel quale la donna è quasi sempre protagonista e vittima di un non represso trasporto sensuale, come in *La realtà del sogno*, trasfuso piú tardi nella situazione centrale della commedia *Non si sa come, Effetti di un sogno interrotto*, ed anche *Visita*, con quel tanto di misterioso e di esoterico – sogno o illusione, apparizione o invenzione poetica – che si rivela in una splendente immagine femminile, ambigua visione di morte e di vita.

Ma tornando a un piú diretto rapporto di Pirandello con la Sicilia non si può non ricordare come ne sia espressione l'intensa carica erotica di taluni personaggi femminili, per esempio lo splendore fisico di tre adultere tipiche della narrativa e del teatro pirandelliani, gremiti, come è noto, di tradimenti coniugali, di agnizioni irregolari, di concubinati, quasi sempre problematizzati: Marta Ajala de *L'esclusa*, Fulvia Gelli di *Come prima meglio di prima*, Sara di *Lazzaro*, pressoché prototipi di un eterno femminino isolano. In esse tuttavia si manifesta, come in altri personaggi femminili, un atteggiamento atipico del sicilianismo di Pirandello, atipico rispetto al moralismo tradizionale e alla sua formazione girgentana (in certo senso immoralistico in quanto espressione di stati d'animo egoistici e di inerti pregiudizi islamico-cattolici), alla ricerca di un'« altra » realtà siciliana, quella che già traspare in un narratore « minore » siciliano del secondo Ottocento, Emanuele Navarro della Miraglia, il quale, come ha posto acutamente in luce Natale Tedesco nella sua introduzione alla recente edizione da lui curata per l'editore Sellerio delle *Storielle siciliane* del medesimo Navarro (Palermo, 1974), « manifesta i primi trasalimenti di una coscienza nuova e preannuncia gli studi sulla diversa educazione sentimentale, le strutture dell'introspezione interiore del primo Novecento », di cui Pirandello è uno dei grandi maestri. È il lato positivamente moderno (anzi in alcuni casi addirittura anticipatore di una polemica del riscatto femminile) di comprensione e di solidarietà per la condizione della donna che ha una genesi e uno sviluppo, come fa notare lo stesso Tedesco, proprio nell'area agrigentina, e ne recano valide testimonianze Navarro per la sua epoca, Sciascia per la nostra.

Connesso in certo senso con l'atteggiamento di Pirandello verso la donna (anche se non sempre espressione diretta o indiretta di un *habitat* siciliano), il motivo della senilità, non senza qualche affinità con l'omologo tema sveviano, che non è legato ad una particolare età della vita o all'idea dell'insenilimento fisico, una situazione umana particolarmente sentita da Pirandello; e una commedia come *Quando si è qualcuno* ne esprime un tragicomoristico riflesso autobiografico nel divieto che le convenzioni della società pongono all'anziano famoso poeta che ne è protagonista di uscire dalla « forma » della sua celebrità, di rinnovarsi e di rinnovare i propri temi, di amare e di essere amato. Si può aggiungere che proprio nella prospettiva di una connessione amore-morte si identifica con la nozione della senilità sveviana il sentimento molto pirandelliano del « sentirsi vivere », insistente *leitmotiv* di tutta l'opera dello scrittore siciliano: l'accumularsi dell'esperienza nell'uomo solo, nella « maschera nuda », anche con la distruzione in se stesso di quella *facies* che la società gli ha impresso. E nel tempo medesimo con la distruzione all'interno del personaggio dei fondamenti di quella società: la tragica condizione visionaria di un Mattia Pascal, di un Vitangelo Moscarda, di un Serafino Gubbio, in certo senso consanguinei dell'Emilio Bertani di *Senilità*, di Zeno Cosini della *Coscienza di Zeno*, e forse ancor piú del protagonista della *Novella del buon vecchio e della bella fanciulla*, naturalmente tenendo conto delle diverse climatologie nelle quali questi personaggi si sviluppano: da una parte il crisma siciliano delle creature di Pirandello, dall'altra la civiltà e la cultura della Mittel-Europa nello scrittore triestino.

IV

LA CRITICA

Una parte notevole dell'immensa bibliografia della critica pirandelliana, la cui prima « voce » risale al 1889, con una recensione (*Per un nuovo poeta*) di GIUSEPPE SAVERIO GARGÀNO sul periodico fiorentino *Vita nuova*, in data 20 ottobre dello stesso anno, alla prima raccolta poetica di Luigi Pirandello, *Mal giocondo*, può dirsi ormai, come è ovvio, superata da se stessa. Caratterizzata da uno straordinario drammatico fervore intellettuale, l'opera del nostro scrittore riflette talvolta quelle tensioni e mette a fuoco intuizioni e contrasti sui quali si inserisce quasi sempre il rapporto tra la sua esperienza esistenziale, la sua vitalità interiore, il suo senso tragico della vita, e lo svolgersi delle idee, degli eventi. Nato nel cuore dell'Ottocento, si proiettavano in lui, prima che nella sua opera, i climi e i riflessi di una cultura espressa dalla simbiosi dello spirito razionalista dell'ultimo illuminismo con la *Sensucht* romantica e borghese.

All'indomani del moto risorgimentale che di quella simbiosi era stato l'espressione italiana, e formatosi nel suo clima postumo, Luigi Pirandello è tra i primissimi ad avvertire l'esigenza di liberarsi dall'ipoteca culturale del naturalismo e del verismo, dal culto positivista del mito scientifico, nella nostra letteratura relitto di quella stessa simbiosi, e ancor piú nelle idee e nel costume dei medi ceti dell'immensa provincia italiana, il mondo dell'Italia « liberale » e borghese. L'avventura letteraria pirandelliana è in questo senso un'avventura negativa, di crisi, e vorremmo aggiungere anarchica, cioè eslege in quanto rifiuta gli istituti culturali dell'epoca, i canoni morali, le radici medesime della sua formazione culturale e umana, e si pone in contraddizione con esse. Il grande arco della sua opera segna i tempi di questa grande avventura negativa che respinge tutti gli schemi, la forma stessa con la quale la società e la cultura del suo tempo si presentano. Appunto per questo si comprende come la critica pirandelliana sia stata sin dalle origini un rincorrersi di temi e di motivi a volte persino contraddittori, nella necessità di interpretare una personalità di artista tra le piú complesse e difficili per una sua novità e ricchezza di intuizioni e di immaginazione. Difficoltosa altresí, in un primo tempo, era la possibilità di inquadrare il sottofondo regionale e popolare del mondo di Pirandello, la sua stessa dialettalità di base con la modernità di una « filosofia » in certo senso anticipatrice, nella quale sembravano riflessi i personaggi sofisticati e nuovi dell'ambiente cittadino, indagine nella quale si smarriscono alcuni dei primi recensori teatrali italiani e stranieri di Pirandello.

Un dualismo illusorio, tuttavia, di cui fa giustizia ANTONIO GRAMSCI in una nota importantissima dei *Quaderni*, probabilmente del 1934, ora in *Letteratura e vita nazionale* (Torino, 1950, pag. 46-53) sull'ideologia pirandelliana e in modo particolare sul rapporto tra mondo dialettale in Pirandello e teatro di ambiente borghese-intellettuale: « ... esso può essere risolto – scriveva Gramsci – con un esame comparativo dei diversi drammi, quelli concepiti in dialetto e dove si rappresenta una vita paesana, "dialettale" e quelli concepiti in lingua letteraria e dove si rappresenta una vita superdialettale, di intellettuali borghesi di tipo nazionale e anche cosmopolita. Ora, pare che, nel teatro dialettale, il pirandellismo sia giustificato da modi di pensare "storicamente" popolari e popolareschi, dialettali; che non si tratti cioè di "intellettuali" travestiti da popolani, ma di reali, storicamente, regionalmente, popolani siciliani, che pensano e operano cosí proprio perché sono popolani e siciliani ». Gramsci esclude che per il fatto di non essere cattolici, tomisti, aristotelici, quei personaggi non possano essere popolani e siciliani. Non è escluso anzi che « nella tradizione popolare non possano esistere filoni di carattere "dialettico" e immanentistico ». Cadrebbe quindi « il castello del pirandellismo, cioè dell'intellettualismo astratto del teatro pirandelliano ». « In Pirandello – afferma ancora Gramsci – abbiamo uno scrittore "siciliano", che riesce a concepire la vita paesana in termini dialettali, folcloristici..., che nello stesso tempo è uno scrittore "italiano" e uno scrittore "europeo". E in Pirandello abbiamo di piú: la coscienza critica di essere, insieme, "siciliano", "italiano" ed "europeo", ed è in ciò la debolezza artistica del Pirandello accanto al suo grande significato "culturale"... »

Come si diceva dianzi, quasi tutta la critica pirandelliana coeva allo stesso scrittore non fa che inseguire se stessa, talora con intuizioni geniali, come ADRIANO TILGHER che individua nel primo teatro del nostro scrittore la famosa antitesi tra « vita » e « forma », problema centrale dell'arte pirandelliana, ricavandola dalla terminologia filosofica di Georg Simmel. Gli scritti pirandelliani del Tilgher raccolti in *Studi sul teatro contemporaneo* (Roma, Libreria di scienze e lettere, III ed. 1928) sono ora ristampati in una delle eccellenti « antologie della critica drammatica », edite dal Teatro Stabile di Genova, *Il problema centrale (Cronache teatrali 1914-1926)*, a cura di ALESSANDRO D'AMICO, dove è ampiamente riportata altresí la polemica e lo scontro frontale del Tilgher con Pirandello in seguito all'iscrizione di quest'ultimo al partito fascista nel 1924; polemica che ovviamente sconfinò dal tema politico per investire il problema stesso del giudizio letterario. Come afferma LEONARDO SCIASCIA in *Pirandello e la Sicilia* (Caltanissetta-Roma, Sciascia, 1961, pag. 95 n.) è per lo meno inesatta l'affermazione del critico di aver rivelato lui stesso a Pirandello la presenza nel suo teatro di un'antitesi di « vita » e « forma », « problema centrale dell'arte pirandelliana », poiché i termini di « vita » e « forma » ricorrono in testi pirandelliani anteriori al Tilgher, cui spetta il merito di una « rigorosa formulazione del rapporto dialettico di tali termini ».

L'atteggiamento della critica italiana nei confronti di Pirandello è in un primo tempo, vivente lo scrittore, talvolta impacciato e reticente, tuttavia la sua opera è recepita quasi immediatamente dalla critica teatrale, e in modo particolare da alcuni suoi esponenti di primo piano, sia pure dopo un primo momento di perplessità, dal Tilgher, anzitutto, che individua prestissimo la dirompente novità, le cariche rivoluzionarie dei lavori pirandelliani, e insieme a lui Silvio D'Amico, Renato Simoni, che, pur annotandone la grande originalità e il ricco tessuto poetico, cercano dapprima di sistemare questi fermenti nell'alveo di quella letteratura e di quel teatro in certo senso tradizionali che indubbiamente erano loro congeniali.

Va annotato anche che se l'adesione di un SIMONI continua a svilupparsi su questa linea di immediata partecipazione nella scoperta dei valori poetici, piú che degli elementi polemici e innovativi della produzione pirandelliana, il D'AMICO, che deve superare tra l'altro i nodi della sua formazione cattolica (il che muove talvolta l'ironia di Gramsci nei suoi confronti), rivela una maggiore disponibilità, come storico del teatro nella sua *Storia del teatro drammatico* (Milano, Rizzoli, 1959) nei confronti della dialettica e degli stessi contenuti polemici dell'opera pirandelliana. Vivissima è l'attenzione critica, nella sua veste di recensore teatrale, di PIERO GOBETTI in *Opera critica* (Torino, 1927), appunto nel teatro di Pirandello la presenza di un nucleo di filosofia antintellettualistica non senza connessíoni col pensiero di Bergson, di Gentile, di Blondel, ponendo particolarmente in rilievo un « dissidio tra la verità e la trasfigurazione di essa » nei *Sei personaggi* e la classicità intrinseca di *Liolà*, non senza un acutissimo raffronto con Machiavelli autore di teatro.

Ma se la critica teatrale recepisce pressoché immediatamente la novità e i valori essenziali del teatro di Pirandello, non altrettanto si può dire della critica letteraria coeva e successiva dello scrittore, e in modo particolare di quella « militante » tra le due guerre. RENATO SERRA nel 1913 esprime su Pirandello un giudizio limitativo che assimila la narrativa pirandelliana a quella di uno Zuccoli, di un Brocchi, di un Pastonchi, di una Guglielminetti, e ne fa quasi un fenomeno letterario di riflesso sulla falsariga del Bourget o della Serao, concludendo peraltro « un'intenzione di realismo piú penetrante... con una ricerca di particolari umili e duri e silenziosamente veri, che dovrebbero far scoprire i contrasti della pietà e dell'umorismo », ricerca e precisazione che rappresentano, tuttavia, « ciò che pesa di piú nelle sue pagine... » (*Scritti letterari, morali e politici* a cura di Mario Isnenghi, Torino, Einaudi, 1974, pp. 423-433).

Quanto al giudizio estremamente negativo di Benedetto Croce (dopo quello certo non positivo di Attilio Momigliano in *Impressioni di un lettore contemporaneo* del 1928, piú tardi in *Storia della letteratura italiana*, vol. III, Messina-Milano, 1935, pag. 240-247) esso non può non inquadrarsi in una polemica piú generale, anche se si tratta essenzialmente di un giudizio estetico su Pirandello scrittore e sui valori poetici della sua opera. A parte il riconoscimento della presenza di « taluni spunti artistici, soffocati o sfigurati da un convulso inconcludente filosofare », Croce accusa Pirandello di aver « composto una ricetta », di aver « trovato una maniera » e di venirla « adoperando con aria, cioè con stile, tutt'altro che d'angosciato, addolorato e furibondo: tutt'al piú con lo stile di un intellettuale esasperato, e prigioniero, lui, veramente, dei demoni logici che non riesce né a sottomettere né a fugare... » (cosí in un saggio del 1933 ora in *Letteratura della nuova Italia*, Bari, Laterza, VI, 1940), dove in fondo il grande filosofo e critico esprime una sua impossibilità, su un piano teoretico, di accettare un'arte che risponde ad una concezione ideologica e storica del tutto diversa dalla sua, che sia fuori dalle sue stesse categorie mentali.

La contrapposizione è radicale e insuperabile: da una parte il Croce, storico e filosofo « liberale » della storia, che convalida, anche sul piano dell'arte, l'opera di un *establishment* italiano al quale si deve la costruzione dello Stato oligarchico-moderato risultante dalla conclusione dinastica del Risorgimento, la politica dei plebisciti, scavalcandone peraltro le istanze rivoluzionarie iniziali per un Risorgimento che potesse essere anche rinnovamento di tutte le strutture della vita italiana. Dall'altra parte è Pirandello, e non certo in veste di storico, ma di artista, che interpreta da artista il fallimento di quell'*establishment*, scomponendone la fisionomia interiore, e rivelando lo squallido volto, l'inconsistenza morale, la incoerenza propria della società che sta a cuore al Croce, con lo stile « di un intellettuale esasperato e prigioniero dei demoni logici » che lo ossessionano. Certo quella di Pirandello è una posizione metapolitica o metastorica; e il Croce non può che rifiutarle il suo assenso in un giudizio tuttavia che non si pone il diverso problema di base dello scrittore. « La serena gioia della bellezza non gli appartenne », scrisse piú tardi il filosofo in una postilla al suo giudizio su Pirandello (ora in *Conversazioni critiche*, Bari, Laterza, 1929), ma è proprio quella serena gioia della bellezza – ossia la cristallizzazione definitiva della vita in una forma sia pure splendente – che Pirandello non perseguiva, o addirittura avversava, nella ricerca conoscitiva e immaginativa del suo lavoro di scrittore.

Da questi giudizi, prima di Serra e poi di Benedetto Croce e di Momigliano ha origine probabilmente l'atteggiamento di distacco, saremmo per dire la cattiva disposizione di una parte notevole della critica militante italiana, ed anche una certa sua reticenza, anche se con notevoli e valide eccezioni, come quelle di EUGENIO LEVI, che in due libri, *I tre miti di Pirandello* (Torino, 1937), e *Il comico di carattere da Teofrasto a Pirandello* (Torino, 1959) affronta il tema critico della dissoluzione della persona secondo un impulso antitradizionale e antiromantico; di LUIGI RUSSO ne *I narratori* (Roma, 1923, nuova ediz. accresciuta, Milano, Principato, 1951), che privilegia l'opera narrativa su quella teatrale, rilevando della seconda le asperità formali, la sintassi analitica, il frequente monologare, l'espressione a volte oratoria e contorta; di WALTER BINNI che pur non discostandosi dalle acquisizioni crociane, del Momigliano e di Luigi Russo, ne *La poetica del decadentismo italiano* (Firenze, 1936) inserisce Pirandello nello sviluppo storico di un rinnovamento in senso europeo della nostra letteratura dopo l'esperienza vociana. Limitativo è altresí il giudizio, sostanzialmente su una linea Momigliano-Croce, di PIETRO PANCRAZI (*Scrittori d'oggi*, III, Bari, Laterza, 1946). Scarsi, e spesso indiretti, gli interventi pirandelliani di EMILIO CECCHI: tutta la critica letteraria militante tra le due guerre, piú o meno orientata sulle propaggini dei gruppi vociani e rondisti, è quasi assente dalla bibliografia critica pirandelliana.

L'accuratissima ed esaurientemente completa raccolta bibliografica pirandelliana di ALFREDO BARBINA, che riporta i contributi dal 1889 al 1961, edita nel 1967, presso Le Monnier, a cura dell'Istituto di studi pirandelliani di Roma, elenca per Giuseppe Prezzolini (insieme ad un capitolo sul teatro di Pirandello nel volume *La cultura italiana*, Firenze, « La voce », 1923), pochi altri sporadici articoli, né registra voci di interventi critici di Giuseppe De Robertis e di Alfredo Gargiulo, cosí come non vi sono registrate voci (ci duole di doverlo annotare) di un critico come Enrico Falqui, testimone attentissimo delle nostre lettere per oltre cinquant'anni. Come per Svevo la letteratura dell'elzeviro, della prosa d'arte, dell'aura poetica, tende ad emarginare Pirandello, quasi come un corpo estraneo, dal processo di sviluppo della nuova letteratura italiana. Ma non è improbabile che lo stesso Pirandello si sia sentito estraneo a un certo conformismo letterario, né la sua indole di scrittore era facilmente accettabile da parte di una critica di poetiche come quella che caratterizzò i decenni precedenti all'ultimo conflitto mondiale. Né appaiono troppo frequenti le presenze nella bibliografia pirandelliana degli esponenti della critica ermetica, ad eccezione di Giancarlo Vigorelli, se non altro nel quadro di una sua polemica anticrociana; una sola voce compare nella raccolta bibliografica del Barbina sotto il nome di Carlo Bo, e non vi si annotano interventi di un Macrí, di un Luzi, di un Bigongiari, di un Seroni. Occorre ricordare a questo punto che la critica accademica è assai piú attenta di quella « militante » nei confronti della personalità e dell'opera di Pirandello, anche nel periodo prebellico. Si è detto già del Momigliano, del Russo, del Binni, sia pure con contributi sostanzialmente negativi, che comunque rivelano una concreta impostazione del problema Pirandello e lo immettono, come del resto il saggio apparentemente demolitore di Benedetto Croce, nel dibattito della cultura letteraria contemporanea, mentre quella militante cerca di esorcizzare il problema stesso, di respingerlo da una certa architettura intellettuale dell'Italia contemporanea, da una idea in certo senso istituzionalizzata della letteratura.

Va citato a questo proposito il nome di NATALINO SAPEGNO, che già nella prima edizione del suo *Compendio di storia della letteratura italiana* del 1936 pone in rilievo l'opera recente del Pirandello con osservazioni tra le piú valide, in modo particolare sul rapporto della narrativa pirandelliana con i problemi storiografici nonché dei riflessi culturali europei nella sua produzione teatrale. Non vanno dimenticati di questo stesso periodo i contributi critici di ITALO SICILIANO, *Il teatro di Luigi Pirandello, ovvero dei fasti dell'artificio* (Torino, 1929) e di PIETRO MIGNOSI, *Il segreto di Pirandello* (Palermo, 1935), interessante quest'ultimo per il tentativo di interpretare la tematica pirandelliana nella chiave cattolica, un tema che sarà ripreso in seguito da altri studiosi della medesima ispirazione. Cosí pure del periodo anteriore al secondo conflitto mondiale è necessario ricordare gli interventi di critici e di scrittori non etichettabili, anche se di primo piano, in definizioni di correnti o con altre qualifiche, come l'importantissima *voce* di Corrado Alvaro per l'*Enciclopedia Italiana*, un vero e proprio saggio che pone anzitutto il tema autobiografico dell'ispirazione pirandelliana nell'ambito della cultura del Sud italiano e in un rapporto della civiltà meridionale con la cultura del Nord europeo e del mondo slavo. E MASSIMO BONTEMPELLI per la commemorazione dello scrittore nella quale è posto il problema del « candore » di Pirandello, anche come anticipazione di un'ansia cosmica, « preparazione al cataclisma rigeneratore » (*Pirandello o del candore*, in *Pirandello, Leopardi D'Annunzio*, Milano, 1938). Lento e reticente è il lavoro della critica letteraria italiana del periodo tra le due guerre (e non è improbabile che vi influisca anche l'atmosfera del paese, nel senso almeno di una difficoltà di inquadrare l'opera di Pirandello in un contesto culturale europeo e mondiale: è scarsa per esempio in Italia la risonanza di studi stranieri sul nostro scrittore come quello di BENJAMIN CRÉMIEUX in *Panorama de la littérature italienne contemporaine*, Parigi, 1928, o come quello dello scrittore italoamericano DOMENICO VITTORINI, *The drama of Luigi Pirandello*, pubblicato nel 1938 dalla Philadelphia University), con testimonianze e vicende che individuano le linee di sviluppo dell'opera pirandelliana nel dibattito di una cultura moderna, inserendola nei problemi ideologici, storiografici, linguistici e strutturali della nostra epoca.

Già nel 1941, ANTONIO DI PIETRO in *Saggio su Luigi Pirandello* riprende in parte le impostazioni che già erano state del Mignosi aggiornandone e integrandone la prospettiva nel rapporto tra Pirandello e il decadentismo europeo, conducendo la dissoluzione pirandelliana del naturalismo ad esiti spiritualistici e di ascesi religiosa; tuttavia le grandi linee verso le quali si orienta la ricca messe della pubblicistica pirandelliana dopo il 1945, sono quelle dell'interpretazione post-freudiana nell'ambito del decadentismo o di uno sviluppo dei temi già impostati da Gramsci, anche nel senso di una ricerca del profondo rapporto tra Pirandello e il mondo delle sue origini. Un'angolazione essenzialmente marxiana è quella di GIUSEPPE PETRONIO in *Pirandello novelliere e la crisi del realismo* (Lucca, 1950) con penetranti analisi dei testi non senza validissime osservazioni circa gli agganci tra la tematica di Pirandello e la coscienza storica della nuova cultura.

Va ricordato a questo punto sulla linea di sviluppo di una tematica che risale alle intuizioni gramsciane, alle ricerche del Sapegno, del Russo, del Binni sulla collocazione storica del mondo poetico di Pirandello, il saggio *La coscienza della crisi* di CARLO SALINARI raccolto nel volume *Miti e coscienza del decadentismo italiano*. Il saggio colloca l'opera pirandelliana nelle complesse prospettive suggerite dalla presenza nel Novecento italiano di scrittori come D'Annunzio, Pascoli, Fogazzaro e dello stesso Pirandello, dai miti letterari che ne derivano, nonché della loro incidenza sulla società, nel quadro di una crisi storica post-risorgimentale, nonché in quello di una piú generale crisi storica dell'*establishment* borghese-liberale in Europa. Salinari risale alla tematica dell'umorismo pirandelliano come dato fondamentale di una coscienza critica espressa nell'attività creativa, come elemento di individuazione di un sentimento dell'alienazione umana.

Si è piú volte parlato nel contesto del presente lavoro degli interventi di GIACOMO DEBENEDETTI impostati, come tutta la tematica del critico piemontese, sul rapporto tra letteratura e i nuovi valori culturali suggeriti dall'indagine strutturalista, dalle acquisizioni etnografiche e psicanalistiche, da quelle del pensiero esistenzialista e dalla fenomenologia husserliana. Già nella prima raccolta dei suoi *Saggi critici*, che risalgono agli anni tra il 1936 e il 1938 – il che è molto significativo –, il problema veniva posto nello studio sulla novella pirandelliana *Una giornata*, che offriva al critico l'occasione di una indagine sulla « formidabile coerenza e omogeneità » di tutta l'opera di Pirandello stesso, ponendo i problemi essenziali dell'universo tragico pirandelliano; problemi che lo stesso Debenedetti svilupperà analiticamente anche nelle lezioni universitarie apparse postume nel volume *Il romanzo del 900*

(Milano, Garzanti, 1971) con particolare attenzione verso la narrativa. È in questa direzione che si sviluppano le indagini estremamente penetranti sul *Fu Mattia Pascal*, sui *Quaderni di Serafino Gubbio*, su un testo teatrale come *Lazzaro*, sulla saggistica pirandelliana con le acutissime osservazioni sull'intuizione del « sentimento del contrario », che scaturisce, sempre per il Debenedetti, « da un confronto ormai inesorabile tra le impalcature borghesi da un lato, che comprendevano non solo le norme e le convenzioni di vita e di costume, ma anche la maschera interna ed esterna dell'uomo, intesa la maschera come l'assetto e la figura che l'uomo si dà per convivere con se stesso e con gli altri; e dall'altro lato, un nuovo senso dell'io individuale e sociale, della condizione umana, inteso quanto meno come esigenza. Il contrasto tra le due istanze deforma la maschera e il contegno, per lo meno fino a quando il di dentro non arriva a sfondare il di fuori e a ricostruirlo con la spinta interiore » (pag. 410).

È da ricordare su questa linea di ricerca l'importantissimo saggio di LEONARDO SCIASCIA, *Pirandello e la Sicilia* del 1961, che mette a fuoco i valori essenziali della « sicilianità » (sulla quale lo Sciascia ritorna altresí nel saggio compreso nella raccolta *La corda pazza. Scrittori e cose della Sicilia*, Torino, Einaudi, 1970), contrapponendo, anche dialetticamente alla formula « lucida e perentoria » di Adriano Tilgher sulla « opposizione di Vita e Forma », le intuizioni di Gramsci sulla *forma mentis* popolare-dialettale dei personaggi pirandelliani e sulla concezione soggettivistica del mondo di Pirandello stesso.

Al di là (nel senso di un suo sviluppo) della linea gramsciana è il saggio di ARCANGELO LEONE DE CASTRIS *Storia di Pirandello*, apparso nel 1962 nella « Biblioteca di cultura moderna » ed ora ristampato in edizione ampliata nella « Universale » laterziana (Bari, 1971) alla quale si è fatto piú volte richiamo in questo nostro lavoro. Si tratta di un testo essenziale, che rinnova dalle basi, in una complessa visione organica, i problemi della critica sull'opera pirandelliana e delle sue connessioni con la cultura contemporanea e in modo particolare con quella di ispirazione marxista. Leone de Castris riconduce l'idea della poesia di Pirandello a una tensione meditativa e ideologica, nella constatazione che Pirandello stesso « vive fino alle ultime conseguenze, nella solitudine della sua coscienza, tutta la tragedia della spiritualità europea dopo il crollo delle ultime metafisiche della ragione », rivendicando « la tragica serietà, la severità solennissima dello scrittore, la necessità umana e la sostanza patetica della smania raziocinativa che individua e condanna le sue creature ». Egli avverte inoltre che « il fondo intellettuale del dramma di Pirandello è in una contraddizione insanabile, che segna indubbiamente la qualità filosofica del suo tormento e insieme la impossibilità filosofica di un approdo: un'esigenza spiritualistica e finalistica in un impianto meccanicistico e positivo... Il suo paradossale tormento è nel cercare il "vero" nell'ambito del "certo": ma, schiavo del fenomeno, quel vero idealistico gli si frantuma in un relativismo senza consolazione ». Appunto nella demolizione delle forme si riflette la crisi di una società e di una cultura, che dalle propaggini dell'Ottocento tuttora ci coinvolge. Il Leone de Castris ritorna sul tema pirandelliano in un suo intervento del *Dizionario critico della letteratura italiana* dell'Utet, ed anche nel recentissimo libro *Il decadentismo italiano. Svevo, Pirandello, D'Annunzio* (Bari, De Donato, 1974), che inserisce il problema di Pirandello nel quadro delle ipotesi piú avanzate sul decadentismo, e nell'indagine sui suoi significati nella coscienza europea, tema sul quale, al di fuori delle indicazioni gramsciane, ritorna il saggio di RENATO BARILLI, *La linea Svevo-Pirandello* (Milano, Mursia, 1972-1980[2]).

Un'opera complessiva che riassume sul piano biografico e su quello di una efficace elaborazione critica la complessa personalità e la lunga attività di Pirandello, saremmo per dire le origini e i meccanismi della sua ispirazione, dei suoi problemi esistenziali e della sua tematica, è, piú volte citato nel presente lavoro, il *Pirandello* di GASPARE GIUDICE, apparso nel 1963 nella collana « La vita sociale della nuova Italia » diretta da Nino Valeri per la torinese Utet, utilissimo altresí per il rigore storiografico dell'indagine sulle importanti connessioni della vita e dell'opera di Pirandello stesso nel quadro degli eventi contemporanei, in modo particolare con le agitazioni e i conflitti dei Fasci Siciliani dei lavoratori e sull'atteggiamento di Pirandello nei loro confronti, sui problemi dell'interventismo e dell'antinterventismo negli anni tra il 1914 e il 1915, nonché di quelli nei confronti del fascismo. Su questi problemi, e nel senso di individuare in Pirandello un personaggio dell'*establishment* che si serví del fascismo come di un suo valido strumento e finí col servirlo, il saggio polemico, piuttosto giornalisticamente capzioso, *Pirandello fascista* di GIAN FRANCO VENÈ (Milano, Sugar, 1971).

Non vanno comunque dimenticati gli ottimi studi pirandelliani di LUIGI FERRANTE, sulla linea post-gramsciana, *Pirandello* (Firenze, 1958), studio sulla crisi di credibilità dell'uomo nella società borghese e della precarietà dei rapporti tra individuo e individuo nel mondo contemporaneo, e il piú recente *Pirandello e la riforma teatrale* (Parma, Guanda, 1969), non senza acute osservazioni sui problemi generali dell'opera di Pirandello nella cultura contemporanea. Ad esso si aggiunge l'acutissimo saggio complessivo di LUCIO LUGNANI, *Pirandello - Letteratura e teatro* (Firenze, La Nuova Italia, 1970), che analizza criticamente la genesi dell'ispirazione, nonché i problemi esistenziali dell'uomo Pirandello e le scelte caratterizzanti della sua poetica, il rapporto tra tecnica e volontà espressiva, l'impatto tra letteratura e poesia, come termini di un difficilissimo incontro, nel quadro di una attivissima coscienza di se stesso in Pirandello uomo e artista. In questa coscienza di se stesso sarebbe appunto il fulcro vitale del personaggio pirandelliano, del quale il Lugnani ripercorre il drammatico itinerario dalla narrativa al teatro.

Un lungo discorso a parte meriterebbe il grande saggio (già citato) di GIOVANNI MACCHIA su Pirandello nella *Storia della letteratura italiana*, diretta da Emilio Cecchi e Natalino Sapegno (Milano, Garzanti, 1969), apparso nel IX volume dell'opera. In esso l'illustre studioso risale alle mozioni originarie, alle complesse motivazioni psicologiche, alla formazione intrinseca di Pirandello uomo e artista. Egli ne ripercorre dall'interno i significati, i contrasti e le ragioni interiori, i loro legami con la cultura del secondo romanticismo, anticipazione del grande flusso del decadentismo, non senza una arditissima disamina dei sottofondi dell'ispirazione pirandelliana, dalla « farsa trascendentale », nel senso che lo Schlegel dette all'espressione, alle connessioni del personaggio pirandelliano con l'inquietante « uomo senza ombra » di Chamisso, anticipazione di una passione esoterica, quella che anima di una sua particolare carica di ironia e talvolta di drammatica irrisione, *Il fu Mattia Pascal* e i *Sei personaggi in cerca d'autore*.

Nell'attuale risveglio di interesse da parte della cultura letteraria italiana per la personalità e per l'opera di Luigi Pirandello, si infittiscono in questi ultimi anni gli apporti di studiosi sia nel campo universitario, sia in quello della critica militante che sembra uscire ormai senza piú equivoci o falsi pudori dall'ostentato disinteresse verso lo scrittore dei Vociani, dei Rondisti, della letteratura dell'elzeviro, degli Ermetici. A parte gli studi complessivi, come quelli del Barilli, del Ferrante, del Lugnani, ai quali vorremmo aggiungere quello di ARMINIO JANNER *Luigi Pirandello* (Firenze, Sansoni, 1960), e quello di CLAUDIO VICENTINI *L'estetica di Pirandello* (Milano, 1970) vanno citati gli importanti contributi raccolti nel primo dei quaderni dell'Istituto di Studi pirandelliani di Roma: quelli di UMBERTO BOSCO e di ANTONINO PAGLIARO su « Attualità di Pirandello », di FEDERICO DOGLIO sull'*Enrico IV*, di LUIGI FERRANTE sui *Giganti della montagna*, di LEONARDO SCIASCIA su *Liolà*, e ancora i saggi di UMBERTO BOSCO (« Liricità del ragionare pirandelliano »), di MARIO COSTANZO (« Per un'edizione critica di *Uno, nessuno e centomila* »), di ALFREDO BARBINA (« Sul primo Pirandello recensore e recensito »), di GIOVANNI MARCHI (« Dieci anni di critica pirandelliana »), di RUGGERO JACOBBI (« Pirandello e la tecnica dello spettacolo »), le interviste di A. RICHARD SOLUIZZO su Pirandello regista, l'intervento di MAURIZIO DEL MINISTRO su « La presenza di Pirandello nella poetica di Ingmar Bergman ». E di UMBERTO BOSCO va ricordato il saggio sul rapporto tra la poesia di Gozzano e quella di Pirandello in *Realismo romantico* (Caltanissetta, Sciascia, 1959), ed anche i due « capitoli » pirandelliani apparsi sulla rivista *Il cannocchiale* (giugno 1971) « Pirandello fra Ottocento e Novecento » e « Il secondo Pirandello ». Sempre sul piano della critica « accademica » è importantissimo il capitolo su Pirandello di SALVATORE BATTAGLIA: « Il personaggio in cerca d'autore » in *Mitografia del personaggio* (Milano, Rizzoli, 1968). Ricorderemo altresí i due saggi pirandelliani di GUIDO GUGLIELMI (« Le allegorie di Pirandello » e « Mondo di carta »), i due saggi di DANTE DELLA TERZA « Luigi Pirandello e la ricerca della distanza umoristica », e di VITTORIO SPINAZZOLA su « "I vecchi e i giovani" tra il caos e la rivolta » in *Studi in memoria di Luigi Russo* (Pisa, Nistri-Lischi, 1947).

Sul versante della critica militante va ricordato l'ampio spazio che WALTER MAURO riserva al rapporto tra Pirandello e le poetiche del Naturalismo, nel suo recente libro *Realtà mito e favola nella narrativa italiana del Novecento* (Milano, Sugar, 1974), dove sono ripresi e sviluppati i temi di Leone de Castris sull'impulso di Pirandello alla distruzione della realtà dell'obiettivismo positivista in un rapporto di amore-odio per il naturalismo, rivalutando tuttavia l'impegno realistico attraverso l'estensione e la dilatazione del concetto di realtà. Ancora sul versante della critica militante e in particolare di quella teatrale (che non può non essere in quanto critica di testi, anche critica letteraria) le recensioni pirandelliane di SANDRO DE FEO riunite in volume (*In cerca di teatro*, Milano, Longanesi, 1972), quelle di NICOLA CHIAROMONTE ne *La situazione drammatica* (Milano, Bompiani, 1968), né va dimenticato di un critico teatrale ma anche studioso di filosofia, NICOLA CIARLETTA, lo studio sulle radici di pensiero nella tematica pirandelliana: *Pirandello, La Grecia e la cristianità* (L'Aquila, Vecchioni, 1936), nonché il piú recente *D'Annunzio-Pirandello* (L'Aquila, Japadre, 1967) e gli interventi pirandelliani nel già citato *Agnus volontario. Dalla « persona » alla persona* (Roma, Bulzoni, 1974). Vanno ricordati altresí i molti interventi al Congresso internazionale di studi pirandelliani del 1961 a Venezia, alcuni dei quali veri e propri saggi organici riuniti in volume negli *Atti* del congresso medesimo (Firenze, Le Monnier, 1967). Tra essi le relazioni di SALVATORE BATTAGLIA (*Pirandello narratore*), DIEGO FABBRI (*Pirandello poeta drammatico*), BERNARD DORT (*Pirandello et la dramaturgie française contemporaine*), BONAVENTURA TECCHI (*Pirandello siciliano ed europeo*), NICOLA CIARLETTA (*Meridionalità ed europeismo nel testo di Pirandello*), LUIGI FERRANTE (*La poetica di Pirandello*), A. LEONE DE CASTRIS (*Ragione ideologica e proiezione drammatica del personaggio senza autore*), GASPARE GIUDICE (*L'ambiguità nei « Sei personaggi in cerca d'autore »*), LEONARDO SCIASCIA (*Dialettalità di Pirandello*), BENVENUTO TERRACINI (*Considerazioni sullo stile di Pirandello narratore*).

V

NOTA BIBLIOGRAFICA

L'accuratissima *Bibliografia della critica pirandelliana 1889-1961*, a cura di Alfredo Barbina, di cui si è fatto cenno in altra parte del presente lavoro, apparsa nel 1967 tra le pubblicazioni dell'Istituto di Studi Pirandelliani di Roma (Firenze, Le Monnier), che colma felicemente una lacuna tra le piú deplorevoli, ci esime da una rassegna troppo diffusa dei contributi critici sull'opera di Pirandello dalle origini a oggi. Ad essa si aggiunge ora il saggio di Giovanni Marchi, *Dieci anni di critica pirandelliana*, apparso nel primo dei *Quaderni* dell'Istituto di Studi Pirandelliani (Roma, 1973), assai ricco di riferimenti bibliografici. Rimandiamo ad essi i nostri lettori, limitandoci qui alle voci essenziali su contributi critici che in qualche modo abbiano qualche connessione col nostro lavoro.

B. Croce, *« L'umorismo » di Luigi Pirandello*, in « Critica », maggio 1909, poi in *Conversazioni critiche*, I, Bari, 1929.

A. Tilgher, *Studi sul teatro contemporaneo*, Roma, 1919.

A. Tilgher, *Voci del tempo*, Roma, 1921.

A. Tilgher, *La scena e la vita. Nuovi studi sul teatro contemporaneo*, Roma, 1925.

P. Gobetti, *Opera critica*, Torino, 1927.

B. Crémieux, *Panorama de la littérature italienne contemporaine*, Parigi, 1928.

I. Siciliano, *Il teatro di Luigi Pirandello, ovvero dei fasti dell'artificio*, Torino, 1929.

F. V. Nardelli, *L'uomo segreto. Vita e croci di Luigi Pirandello*, Milano, 1932.

C. Alvaro, *Pirandello*, in *Enciclopedia italiana*, vol. XXVII, Roma, 1935.

B. Croce, *Luigi Pirandello*, in « Critica », gennaio 1935, poi in *Letteratura della nuova Italia*, VI, Bari, 1940.

D. Vittorini, *The drama of Luigi Pirandello*, Filadelfia, 1935.

M. Bontempelli, *Pirandello o del candore*, in « Nuova Antologia », febbraio 1937, poi in *Pirandello, Leopardi e D'Annunzio*, Milano, 1938.
L. Baccolo, *Luigi Pirandello*, Padova, 1938.
M. Lo Vecchio-Musti, *L'opera di Luigi Pirandello*, Torino, 1939.
A. Di Pietro, *Saggio su Luigi Pirandello*, Milano, 1941.
G. Debenedetti, *« Una giornata » di Pirandello*, in *Saggi critici*, Roma, 1945.
L. Russo, *Il noviziato letterario di Luigi Pirandello*, Pisa, 1947.
A. Janner, *Luigi Pirandello*, Firenze, 1948.
G. Petronio, *Pirandello novelliere e la crisi del realismo*, Lucca, 1950.
A. Di Pietro, *Pirandello*, Milano, 1951.
A. Gramsci, *Il teatro di Luigi Pirandello*, in *Letteratura e vita nazionale*, Torino, 1953.
L. Ferrante, *Pirandello*, Firenze, 1958.
F. Puglisi, *L'arte di Luigi Pirandello*, Messina-Firenze, 1958.
G. B. Angioletti, *Luigi Pirandello narratore e drammaturgo*, Torino, 1960.
C. Salinari, *La coscienza della crisi*, in *Miti e coscienza del Decadentismo italiano*, Milano, 1960.
G. Trombatore, *Pirandello e i Fasci siciliani*, in *Riflessi letterari del Risorgimento in Sicilia*, Palermo, 1960.
G. Abete, *Il vero volto di Luigi Pirandello*, Roma, 1961.
L. Sciascia, *Pirandello e la Sicilia*, Caltanissetta-Roma, 1961.
Enciclopedia dello Spettacolo, voce *Pirandello, Luigi* (scritti di N. Borsellino, A. Spaini, C. Pavolini, G. C. Castello, P. Blanchart, L. F. Rebello, P. Ciarini, P. Hartnoll, P. A. Makin), vol. VIII, Roma, 1961.
A. Leone De Castris, *Storia di Pirandello*, Bari, 1962, II ed. accresciuta 1971.
G. Giudice, *Pirandello*, Torino, 1963.
F. Rauhut, *Der Junge Pirandello*, Monaco, 1964.
R. Barilli, *La poetica di Pirandello* e *Le novelle di Pirandello*, in *La barriera del naturalismo*, Milano, 1964, 1980[3].
G. Anderson, *Arte e teoria. Studi sulla poetica del giovane Pirandello*, Stoccolma, 1966.
B. Terracini, *Le « Novelle per un anno » di Luigi Pirandello*, in *Analisi stilistica*, Milano, 1966.
AA.VV., *Atti del congresso di studi pirandelliani (2-5 ottobre 1961)*, Firenze, 1967.
S. Battaglia, *In cerca d'autore*, in *Mitografia del personaggio*, Napoli, 1968, nuova ed., Milano, 1968.
A. Borlenghi, *Pirandello, o dell'ambiguità*, Padova, 1968.
G. Debenedetti, *« Il fu Mattia Pascal »*, in « Paragone », XIX, 1968.

F. PUGLISI, *Pirandello e la sua lingua*, Bologna, 1968.
M. APOLLONIO, *Attualità di Pirandello*, Roma, 1969.
U. BOSCO, *Cammino di Pirandello*, in « Cultura e scuola », n. 29, 1969.
L. FERRANTE, *Pirandello e la Riforma teatrale*, Parma, 1969.
G. MACCHIA, *Luigi Pirandello*, in *Storia della letteratura italiana* diretta da N. Sapegno e E. Cecchi, IX vol., *Il Novecento*, Milano, 1969.
G. GENOT, *Pirandello*, Parigi, 1970.
L. LUGNANI, *Pirandello, letteratura e teatro*, Firenze, 1970.
C. VICENTINI, *L'estetica di Pirandello*, Milano, 1970, 1985².
M. JELLAND-MEYNAUD, *Pirandello dramaturge des conformismes*, in « Revue des études italiennes », XVII, 1971.
U. BOSCO, *Due capitoli pirandelliani*, in « Il cannocchiale », n. 3/6, giugno 1971.
A. NAVARRIA, *Pirandello prima e dopo*, Milano, 1971.
G. F. VENÈ, *Pirandello fascista*, Milano, 1971.
R. ALONGE, *Pirandello tra realismo e mistificazione*, Napoli, 1972.
R. BARILLI, *La linea Svevo-Pirandello*, Milano, 1972, 1980².
J. M. GARDAIR, *Pirandello fantasme et logique du duble*, Parigi, 1972.
A. LEONE DE CASTRIS, *Pirandello*, in *Dizionario critico della Letteratura italiana*, vol. III, Torino, 1973.
A. LEONE DE CASTRIS, *Il decadentismo italiano, Svevo, Pirandello, D'Annunzio*, Bari, 1974.
AA.VV., *Il romanzo di Pirandello*, a cura di E. Lauretta, Palermo, 1976.
G. CROCI, *Introduzione a « Il fu Mattia Pascal »*, Milano, 1976.
E. GIOANOLA, *L'esistenza alienata: Svevo e Pirandello*, Torino, 1976.
E. LAURETTA, *Come leggere « Il fu Mattia Pascal »*, Milano, 1976, 1982².
G. LIVIO, *Il teatro in rivolta. Futurismo, grottesco, Pirandello e pirandellismo*, Milano, 1976.
AA.VV., *La trilogia di Pirandello. Il teatro nel teatro di Pirandello* e *Pirandello e il cinema*, « Atti del centro nazionale studi pirandelliani », a cura di E. Lauretta, Agrigento, 1977 e 1978.
S. COSTA, *Luigi Pirandello*, Firenze, 1978.
P. PUPPA, *Fantasmi contro giganti. Scena e immaginario in Pirandello*, Bologna, 1978.
G. CORSINUOVI, *Pirandello e l'espressionismo*, Genova, 1979.
C. SICARI, *Lo specchio e lo stigma. Il racconto pirandelliano*, Ravenna, 1979.
E. LAURETTA, *Luigi Pirandello. Storia di un personaggio "fuori di chiave"*, Milano, 1980.
A. BARBINA, *La biblioteca di Pirandello*, Roma, 1980.

Luigi Pirandello: carteggi inediti, a cura di S. ZAPPULLA MUSCARÀ, Roma, 1980.
M. CASTRI, *Pirandello Ottanta*, Milano, 1981.
G. MACCHIA, *Pirandello o la stanza della tortura*, Milano, 1981.
C. TAMBERLANI, *Pirandello nel "Teatro ... che c'era"*, Roma, 1982.
G. CALENDOLI, *Il grido di Laocoonte*, Venezia, 1982, pp. 132-154.
AA.VV. (a cura di STEFANO MILIOTO), *Pirandello e il teatro del suo tempo*, Agrigento, 1983.
S. ZAPPULLA MUSCARÀ, *Pirandello in guanti gialli*, Caltanissetta-Roma, 1983.
E. GIOANOLA, *Pirandello: la follia*, Genova, 1983.
N. BORSELLINO, *Ritratto di Pirandello*, Bari, 1983.
A. BARBINA, *"Ariel". Storia di una rivista pirandelliana*, Roma, 1984.
Un manoscritto inedito dell'Enrico IV di Luigi Pirandello, a cura di L. PASQUAZZI, Roma, 1984.
Luigi Pirandello: lettere da Bonn, a cura di E. PROVIDENTI, Roma, 1984.
AA.VV., *Luigi Pirandello e la cultura del suo tempo*, Milano, 1984.
P. DI SACCO, *L'epopea del personaggio. Uno studio sul teatro di Pirandello*, Roma, 1984.
AA.VV., *Luigi Pirandello: che cos'è la verità?*, Assisi, 1985.
G. CAPPELLO, *Quando Pirandello cambia titolo: occasionalità o strategia?*, Milano, 1986.
R. BARILLI, *Pirandello, una rivoluzione culturale*, Milano, 1986.
Luigi Pirandello: poetica e presenza. Atti del Convegno delle università di Lovanio e Anversa (dal 13 al 16 maggio 1986), a cura di W. GAERTS, F. MUSARRA e S. VANVOLSEN, Roma, 1987.
G. MAZZACURATI, *Pirandello nel romanzo europeo*, Bologna, 1987.
A.C. ALBERTI, *Il teatro nel fascismo. Pirandello e Bragaglia - Documenti inediti negli archivi italiani*, Roma, 1988^2.
U. ARTIOLI, *L'officina segreta di Pirandello*, Bari, 1989.
AA.VV., *La « persona » nell'opera di Luigi Pirandello.* Atti del XXIII Convegno Internazionale (Agrigento, 6-10 dicembre 1989), a cura di ENZO LAURETTA, Milano, 1990.
AA.VV., *Pirandello e l'oltre.* Atti del XXV Convegno Internazionale (Agrigento, 5-9 dicembre 1990), Milano, 1991.
P. FRASSICA, *A Marta Abba per non morire*, Milano, 1991.
AA.VV., *Pirandello e la politica.* Atti del XXVIII Convegno Internazionale (Agrigento, 7-10 dicembre 1991), Milano, 1992.

INDICE DEI NOMI

INDICE DELLE OPERE DI PIRANDELLO